「悩みは人それぞれだよね。でも僕は、君のこの胸を美しいと思う。

真っ白でふわふわで、こんなふうに少し力を込めただけで指先が沈みこんでいくね」

「ふ、ぁ……」

言いながら、ギュンターはアンネマリーの胸をやわやわと揉みしだいた。

殿下の執着愛が止まりません！

〜ヤンデレ王太子の極甘囲い込み計画〜

猫屋ちゃき

Vanilla文庫

ヤンデレ王太子の極甘囲い込み計画
殿下の執着愛が止まりません！

目次

イラスト／なおやみか

第一章

アンネマリーは父に連れられて、神妙な面持ちで王城内を歩いていた。

ここリアン王国は小国でありながら水と緑が豊かな土地で、そのため王城も見事な庭園を有している。

アンネマリーたちが歩いている廊下からも庭を臨むことができるのだが、あいにく景色を楽しんでいる余裕はなかった。

王家主催の夜会が開かれているときには王城へ登ることはあるし、王妃に招かれて離宮でお茶会に参加することもあるが、こんなふうに何もないときに城内を歩くなどそうあることではない。

だから、アンネマリーはひどく緊張していた。

冷ややかな印象を与える癖のない銀髪と青い目が、顔色の悪さによってさらに冷たさを際立たせている。

蒼白《そうはく》になるのも無理はなかった。

なぜなら、アンネマリーたちは国王陛下に呼び出されていたからだ。

呼び出された理由がわからないせいで、日頃お調子者なところがある父ですら緊張した様子だ。

謁見の間への道のりは長く、荘厳な廊下をもうずっと歩いている気分がしていた。

だがそんなことはなく、重い足取りでしばらく歩いていると、国王が待つところへとたどり着いた。

アンネマリーは父と並んで、お目通りが叶《かな》ったことへの感謝と喜びの意を伝える。

豊かな髭《ひげ》を蓄えた国王は、恐縮しきりのアンネマリーに優しく微笑《ほほえ》みかけた。

「突然呼び立ててすまなかった。アンネマリー嬢には誰よりも早く伝えねばならぬことがあったのでな」

威厳はあるものの高圧的なところはなく、民からも慕われる良き王だ。だから、アンネマリーも緊張はしているが怖いとは感じていない。

だが、わざわざ呼び出されて一番に伝えたいと思われるのは一体どんなことだろうかと、予想がつかなくて反応に困っていた。そのため、どうとでも取れる笑みをうっすらと浮かべて国王の言葉を待っている。

「実はな、ギュンターを緊急帰国させることにしたのだ。そのことを婚約者であるそなたには伝えておかねばなるまいと思ってな」

「ギュンター殿下を？　それは、急なことでございますね」

「ああ、そうだ。だからすぐに知らせようと、こうして出向いてもらったわけだ」

アンネマリーは婚約者の名を聞いて、ここに呼び出された理由を理解した。

ギュンターとは、この国の第二王子であり、アンネマリーの婚約者だ。

とはいえ彼は婚約してすぐ魔術大国であるマギレーベンに留学してしまっていて、もう四年も会っていないわけだが。

留学させている王子をわざわざ呼び戻したのは、一体どういう理由なのだろうか。

「一番にお聞かせいただけたことを大変光栄に思いますが……どういったご事情がおありなのでしょうか？」

自分がここに呼び出された理由こそがギュンターを呼び戻す理由に繋《つな》がっているのだろうと悟り、アンネマリーは控えめに尋ねてみた。

「そうだな。まずは、順を追って説明させてもらおう」

難しい話なのか、国王は蓄えた立派な髭に触れながら言う。

手紙ではなくわざわざ呼び出してから伝えなければいけないほどの話題だ。おそらく、どこからか外へ漏れ出ては困る話なのだろう。

国の重要なことに触れようとしているのがわかって、アンネマリーは緊張感を高めていた。隣にいる父も、気の毒なほど落ち着かない様子だ。

「実はな、クリスティアンがゾネンレヒトの女王のもとへ婿入りすることが決まった」

「え？　王太子殿下が？」

クリスティアンとは、この国の王太子だ。つまりは、次期国王である。

ギュンターの兄であるクリスティアンが隣国ゾネンレヒトの女王陛下の王配になるということは、王太子の席が空くということだ。

「……ギュンター様を呼び戻すのは、立太子する必要があるから、ということですか？」

「その通りだ。さすがはアンネマリー嬢。察しがよくて助かる」

すべてを説明する前にアンネマリーが理解すると、国王はほっとしたような笑みを浮かべた。だが、これで話が終わりなわけがない。

確かに、王太子が隣国の女王の婿になるだなんて一大事だ。正式な報告として発表される前に誰かに知られでもしたら騒ぎになる。

だから、こんなふうに呼び出して伝えるのは何らおかしくはないが、それだけなら密書でもよかったはずだ。

アンネマリーは、必死に頭を悩ませた。

リーベルト侯爵家の令嬢アンネマリーは、一応は才女で鳴らしている。

だから、国王もきっと一を聞いて十を知るを求めているはずだ。

「……ギュンター殿下は立太子の件にご納得されてらっしゃらないのですね？　そして、婚約者である私に殿下の説得を任されたいと？」

そう尋ねながら、アンネマリーは内心で悲鳴を上げていた。

ギュンター本人が立太子に納得がいっていないのに、それをただの婚約者である自分がどうにかできるわけがないと。

それに、婚約者とはいえ王子殿下に意見をするなんて恐れ多いことだ。

「その通りだ。手紙で説得を試みてみたが、なにぶんあいつは頑固でな。だから、昔から親しかったアンネマリー嬢の説得であれば聞いてくれるかと考えたのだが」

「陛下のご説得で動かなかった殿下のお気持ちが、私なんぞの言葉で変わるとは思えませんが……」

「そう言ってくれるな。そなただけが頼りだ。あいつが承諾してくれねば、国が荒れるぞ。王太子を空位にしておくなぞ、他国に付け入られる隙になりかねん」

「はぁ……」

恐縮するアンネマリーに、国王は困った顔でお願いしてくる。

こんなに頼まれて断れるわけがないのだが、かといって自分にできることがあるとも思えない。

何より、国を揺るがしかねないと思うのなら、隣国へ婿入りするクリスティアン殿下を先に止めるべきだったのではないだろうか。

とはいえ、豊かとはいえリアン王国は小さな国だ。大国ゾネンレヒトにクリスティアンが婿入りし、かの国と姻族の関係を結ぶことは外交的にもかなり効果があるのだろう。

つまり、ただ単に好いた惚《ほ》れただけで婿入りするわけではないということだ。

「……承知いたしました。私も、ギュンター殿下に誠心誠意〝お願い〟してみます」

「頼んだぞ」

国王陛下に頼まれて断れるはずもなく、アンネマリーは最後には淑女の笑みを浮かべて礼をした。

その隣で父は先ほどまでの緊張した様子とは打って変わり、嬉《うれ》しさを隠しきれない表情を浮かべている。

おそらく、このわかりやすさが国王に気に入られているところなのだろうが、アンネマリーは父のこういったところが心配ではあった。

「やったぞ！　うちの娘が次期王妃だ！」

王城を出て、馬車に乗り込むと父は喜びを爆発させた。

城を出るまで我慢できたのはよかったものの、まだ外だ。誰に聞かれるかわからないし、何より行儀が悪いから、アンネマリーは慌ててたしなめた。

「なぜそんな浮かない顔をする？　もっと喜びなさい」

娘にたしなめられても落ち着くことができず、満面の笑みを浮かべたまま父は言う。

喜びはなく、ことの重大さに押しつぶされそうになっているアンネマリーは、大きな溜《た》め息《いき》をついた。

「私はギュンター様の婚約者ですが、王太子妃になるつもりなどなかったのですよ。将来は公爵夫人となって、領地を切り盛りしていくつもりでしたのに……」

十六歳のとき、ギュンターから求婚された。

なぜとは思ったが、嫌ではなかった。

そして、選ばれたのならしっかり彼を支えようと心に決めていた。

幼い頃から知っていたし、おそらく周囲にいる同年代の貴族の中で自分が一番彼と親しい自負があった。

というより、他に親しい人物はいなかったかもしれない。

だから、彼は王太子に、次期国王に向かないのではないかと思うのだ。

（よく気がついて優しい方だけれど、それが国を治めるのに向くとは限らないもの……）

アンネマリーは溜め息をつきながら、彼との出会いを思い出していた。

彼と知り合ったのは、子どもの頃に王城に招集されたことがきっかけだった。

第一王子と第二王子の年齢に近い貴族の子女が、彼らと友人になるようにと呼ばれたのだ。

「王子殿下たちはお前と歳が近いのだ。お友達になっておいで」と、呑気《のんき》な様子で父に言われたのを覚えている。

当時五歳だったアンネマリーは父の言葉を信じて、気合い十分に登城した。子どもなりに、父からの命を全うする気満々だったわけだ。

クリスティアン殿下は五歳上だから十歳、ギュンター殿下は二歳上だから七歳。年上の、しかも男の子相手にあまり子どもっぽい遊びは喜ばれないだろうなと、小さいなりに頭を悩ませた。

アンネマリーには兄がいるため、その兄の日頃の言動からして、子どもっぽいことをしては怒られてしまうと予想したのだ。お人形遊びやままごとに付き合わせようものなら、三歳上の兄はいろいろと意地悪を言ってくる。

そのことから退屈させないように、一緒に楽しく遊べるようにと考えた結果、アンネマリーは叔父からもらった隣国製のボードゲームを持参することにした。これならば隣国語の勉強をしながら複数人で遊ぶことができるため、王子たちだけでなくほかの貴族の子女たちとも一緒に遊べるぞと考えていたのだ。

だが、いざお茶会の場に赴くと、それがいかに呑気な考えだったのか思い知らされた。

令嬢も令息も、みんなクリスティアン殿下に群がっていた。一緒に遊ぶというよりも、いかに彼の関心を引けるかと競っておしゃべりに興じていたという感じだ。

初めはお茶会をして、そのあと一緒に遊ぶ時間にしましょうと王子の侍従に説明されたのに、誰もお茶を飲んでもいなければ、遊びの時間に移行する様子もない。

完全に場違いなところに場違いな意気込みで来てしまったのだと気がついて、アンネマリーは悲しくなった。

そして、いつの間にかその場からギュンター王子がいなくなっていたのに気がついた。

金髪の太陽みたいなクリスティアン王子に対し、彼は黒髪で控えめな印象だ。

だから、彼がいなくなっても誰も気がつかなかったのかもしれない。だが、アンネマリーは気になってしまって探しに行った。

かくれんぼをしていたわけではないから、彼の姿はすぐに見つかった。

彼は、しゃがみこんで綿毛を飛ばしていた。だが、息を吹きかけるのではなく、何かを唱えながら棒きれのようなものをゆっくり動かしていた。

「すごい！　どうやっているのですか？」

感激して、思わずアンネマリーは大きな声を出してしまった。それを聞いて、ギュンターの体がビクンとする。

「君、だれ？」

振り返ったギュンターは、怪訝《けげん》そうにアンネマリーを見た。琥珀《こはく》みたいな瞳には、疑心がたっぷり浮かんでいる。

「わたくしは、リーベルト侯爵の娘、アンネマリーです」

先ほど自己紹介をしたはずなのになと思いつつ、アンネマリーはドレスの裾を持って淑女の礼をした。すると、ギュンターは興味なさそうに目をそらす。

「兄様のところにいなくていいの？　僕になんか媚《こ》びを売ったって仕方がないよ」

「媚び？　わたくしには売るものなどありません。お店やさんはしておりませんの」

「……君が仲良くしたいのは第一王子である兄様じゃないの？　僕と仲良くしたって無意味だからあっちに行きなよ」

そのときの彼は、とてもそっけなかった。だが、まだ難しい言葉や周囲の状況がわから

ないアンネマリーは、ただ彼の機嫌が悪いのだと思っていた。

「わたくし、静かにお行儀よくできますわ。だから、近くで綿毛を飛ばすのを見ていてもいいでしょうか？」

「なんで？」

「とっても面白いから！」

アンネマリーが素直に言うと、ギュンターはびっくりしたような表情を浮かべていた。

そして、いいとも悪いとも言わず、黙ってそのあとも綿毛を飛ばすのを見せてくれた。

あとになって、それは彼の特技である魔術だと知った。

魔術に興味を示したからか、その後もアンネマリーは彼のお友達として王城に招かれるようになる。

何度かお茶会が繰り返されるうちに、呼ばれる人数は減ってきた。父が言うには、「王子たちのお眼鏡にかなった子だけ残された」のだそうだ。

なぜギュンターのお眼鏡にかなったのかはわからないが、アンネマリーは彼に呼ばれ、そして一緒にお茶を飲むことはなく、ただ彼の魔術を見せてもらう日々が続いていた。

風の魔術で綿毛を飛ばすのや、光の魔術で浮かばせた光球、水の魔術の小さな噴水などなど、そのときギュンターが扱えるささやかな魔術を。

それをいつも、アンネマリーは心から楽しく見せてもらっていた。

そんなある日のこと。

いつものようにお茶会の席からいなくなったギュンターを追っていくと、彼は魔術で遊んではいなかった。杖《つえ》の代わりにその手には、小さな生き物がいた。

「どうしたのですか？　それは小鳥さん？」

「巣から落ちてしまったみたいで……親鳥のところに返そうにも、怪我《けが》をしているんだ」

「かわいそう……」

巣立ちが近いのか、小鳥の体つきはしっかりしていた。だが、羽を怪我していてうまく飛べないようだった。

気の毒に思った二人は使用人たちに手伝ってもらって手当をし、しばらく王城内で世話をすることになった。といっても、アンネマリーは城内に入れないから、世話をする様子をギュンターから手紙で教えてもらい、それに対して自分で調べたお世話の方法を書き送っていた。

それから少しして、小鳥は怪我が治って飛び立てるようになった。

お別れの日にはギュンターが呼んでくれたから、飛んでいくのを二人で見送った。小鳥は無事に仲間のところに戻ることができ、それを見てアンネマリーもギュンターも安堵《あんど》したのだった。

「飛べるようになってよかった。飛べないのも、仲間と一緒にいられないのもつらいもんな」

そう言って本当にほっとした様子の彼の顔が印象に残っている。

アンネマリーは彼のそんな優しさを評価するとともに、だからこそ国王には向かないと感じている。

彼は、国の頂点に据えるには優しすぎるし前に出ていく気質ではない。

そのため、婚約者となってからは将来公爵位を賜《たまわ》る彼を隣で支えていこうと決めていたのだった。

交わした言葉は多くはないが、五歳のときからそばで見て、手紙の文面から彼の人柄を感じて、優しすぎて繊細なその性分は、王の器ではないと思っていたからこそ、彼がこの国を出て魔術を修めるのは良いことだと思っていた。

それもあって、連れ戻される彼を思うとアンネマリーはやるせなくなる。

だが、そんなアンネマリーの憂いとは対象的に、リーベルト家はギュンターとの再会に向けて、張り切って準備を進めていた。

屋敷に仕立て屋を呼んで新しいドレスを大急ぎで注文したり、彼を招く晩餐会《ばんさんかい》の献立を料理長たちとともに考えたり。

準備を進めているうちに、アンネマリーも楽しい気分になってきてしまった。

説得できるできないは抜きにして、やはり彼と会えるのは楽しみなのだ。

一応は婚約者だし、もう四年も会っていないから、話したいことはたくさんある。

できれば、彼が魔術大国マギレーベンでどのような魔術を修めてきたのかを見せてもらいたい。

子どもの頃から才能があった彼だ。本場で学ぶことできっと大きく成長しているだろう。

ワクワクして支度を進めていたある日、彼から贈り物と手紙が届いた。

「これは……」

贈り物は小さな布張りの小箱で、開けるとそこには青い宝石の首飾りが入っていた。

そして、その青い宝石は薔薇の形を模している。

「『僕の青薔薇へ　これを着けて待っていて』って……ギュンター様」

彼からの手紙には、そう書かれているだけだった。

何も知らない人が見れば、なんともそっけない文面に思われるだろう。

だが、アンネマリーの胸には四年前に旅立つ前に彼と交わしたやりとりが去来していた。

ギュンターはマギレーベンへ出発する前に、アンネマリーを呼び出している。そのとき彼は自分が魔術で咲かせた薔薇を手に、こう言ったのだ。「次に会うときには、君の瞳のように美しい青い薔薇を咲かせて見せるから待っていて」と。

母国に置いていく婚約者のことを、彼なりに思いやってくれたのだろう。

婚約したからといって彼から甘い言葉を囁《ささや》かれることはなかった。幼馴染の延長のような感覚で一緒にいた。

だから、このときの彼の言葉と送られた薄青色の薔薇は、アンネマリーにときめきを与えてくれたのだった。

そのやりとりを思い出させる贈り物と手紙に、会いたいという気持ちがさらに強まった。

アンネマリーは、自身の容姿にあまり自信がなかった。

美しいとは言われるが、銀色の髪も青い目も、可愛《かわい》らしい印象とはかけ離れているように思えて気に入っていない。特に目は、幼いときに同年代の令嬢たちから「冷たそう」と言われて以来、好きではなくなっていた。

だが、ギュンターのおかげで自身の瞳の色を美しいと思えるようになった。この色になぞらえて『僕の青薔薇』などと呼びかけてもらえると、嬉しくてたまらなくなる。

彼からもらった言葉を、この四年支えにしていたのだと気づかされた。

「お嬢様、せっかく素敵な薔薇の首飾りをいただいたのですから、それに合わせてもっと華やかで大胆な意匠のドレスにしなくてもよかったのですか？」

　ギュンターを迎える当日。年頃の娘らしい淡い紅色のドレスをまとったアンネマリーを見て、侍女が問いかけた。

　首元には、彼が贈ってくれた青薔薇を身に着けている。

「でもねぇ……あまり強い色味や意匠のものにするのは、不釣り合いになるでしょう？　ギュンター殿下の隣に立つのであれば、このくらい淑《しと》やかなもののほうがいいと思うの」

　アンネマリーの脳裏に浮かんでいるのは、最後に会ったときのギュンターの姿だ。

　すらりと背が高いが、線が細く繊細なそうな青年である彼の隣に、あまりにも華美な姿で並ぶのでは釣り合わないだろう。

　アンネマリーは、淑女の装いは自身のみで成立するとは思っていない。一緒にいる人やその場に相応《ふさわ》しい格好をしてこそだと考えている。だから、似合うものよりもギュンターに相応しい女性としての姿を優先させた。

「私は、お嬢様は深い青や真紅のほうがお似合いだと思うのですけれどね」

「そうね。でも、ギュンター殿下の婚約者に相応しくないとは思われたくないのよ。彼にも周りにも」

「乙女心ですね」

侍女は最後は納得したように頷《うなず》いて、アンネマリーの装いの最終確認をしてくれた。

四年ぶりに会うのだ。頭の先から爪先まできちんと隙なくきれいにしていたい。

屋敷の中はこの日に向けてずっと浮足立っており、ようやく迎えた当日はその高揚感が最高潮に達していた。

アンネマリーの気持ちも同じである。

だが、喜びと期待に満《み》ち溢《あふ》れる両親や使用人たちとは違い、アンネマリーの心には不安もあった。

幼馴染であるギュンターに会えるのは嬉しいものの、説得をしなければならないという任務もある。

そしてそれは、彼に嫌われてしまうかもしれない恐れもあった。

彼が望まないことを提案するのに抵抗があるし、向いていないと感じているのに彼を王太子に推すのも無責任に思える。

そんな感情が入り混じって、玄関ホールで彼の到着を待つ間に、アンネマリーは緊張してしまっていた。

「殿下のご到着です」

執事長の声がして、玄関の扉が開かれた。

開いた扉の向こうから、宵闇を背負ってギュンターが現れる。

彼は黒い仕立てのいいコートの下に、異国風の礼服を纏《まと》っていた。黒地に金の飾りという色合いが、黒髪に琥珀色《こはくいろ》の目の彼の色味に似合っている。

その姿を見て、思わずアンネマリーは声を発することができなかった。

それは、記憶の中の彼とはかなり違っていたからだ。

アンネマリーの知るギュンターは、すらりとして繊細で、神経質そうな青年の姿である。だが、今目の前にいるのは、凛々《りり》しい美丈夫だった。細身でありながら、鍛えられているのが服の上からもわかる姿をしている。

「久しぶりだね、アンネマリー」

「……お久しぶりです、ギュンター様」

彼はアンネマリーをその視界にとらえると、優美な笑みを浮かべた。その笑みは記憶の中にあるもので、それを見れば目の前の男性がギュンターなのだとわかる。

「美しさに磨きがかかったな……四年も経《た》つのだからな」

「あ、ありがとうございます……ギュンター様も、ご立派になられて」

微笑む彼の口から流れるように褒め言葉が発せられ、アンネマリーは戸惑った。そのせいで、うまく言葉が紡げない。

「向こうでもまれたから。魔術師は体力勝負なところがあって、ひ弱じゃいられなかったんだ」

「そうなのですね……何だか違う人みたい」

　彼を前にしてこんなにドキドキしたことなどなかったのに、アンネマリーはまるで人見知りみたいになっていた。物怖《ものお》じしない気質だと自身のことを思っていたから、こんな自分の意外な心の動きにも戸惑ってしまう。

「さあ、積もる話もあるだろうが、まずは食事だ。殿下、今夜はどうかごゆるりとお楽しみください」

　どぎまぎしてうまくおしゃべりできないアンネマリーを見かねてか、父が割って入って言った。その顔には満面の笑みが浮かんでいて、父の喜びぶりが伝わってくる。

　それを見て、アンネマリーは自身の任務を思い出した。

（そうだわ。ギュンター様には、立太子に前向きになっていただけるようお話ししなくてはならなかったのだった……）

　再会の衝撃と喜びにより一瞬忘れてしまっていたが、国王から直々に頼まれていたのを思い出す。

　国をも揺るがす一大事だ。何としてもやる気になってもらわねばと、アンネマリーは内心で張り切る。

とはいえ、切り出し方がわからず、時間ばかりが過ぎていく。

「リーベルト家での食事、実は楽しみだったんだ」

アンネマリーの隣の席に着いたギュンターが、小声でそっと言った。料理長たちが気合いを入れて準備をしていたのを知っているから、彼の言葉が嬉しくなる。

「ギュンター様のお好きな、魚のパイ包みもありますよ」

「嬉しいな。マギレーベンでは肉が主な食材だったから。しかも、加工肉が多くて。速く火が通って食べるのが簡単なものが喜ばれるんだ。合理性を重んじる国で、そこは嫌いじゃないが、美味《おい》しい食事がずっと恋しかった」

ギュンターは本当に食事が楽しみだったみたいで、少年みたいに笑っていた。

かの国が美食の国ではないのは知っていたが、食に無頓着そうな彼がこんなに言うほどなのだからよっぽどなのだろう。

食事が運ばれてくると、ギュンターは美しい所作で、だが本当に美味しそうに食べ進めていく。その様子を見たら、楽しい食事の時間に水を差すのが申し訳なくて、アンネマリーは話を切り出せずにいた。

それに、父や兄がギュンターにマギレーベンのことをいろいろ聞いて話が盛り上がってしまっていた。

話の腰を折るのも悪いし、何より彼の言葉からまだまだ留学先で学びたいことがあるのが伝わってくる。

だから結局、食事中は彼が父たちと話すのを聞くに徹するしかなかった。

だが、自室に引き上げてから、唐突に彼とじっくり話す機会が訪れた。

「僕だが。入ってもいいかな」

ドアがそっとノックされたかと思うと、そう声をかけられた。

その声にドキリとするも、無視するわけにはいかず、慌てて返事をする。

「ど、どうぞ」

アンネマリーが応えてすぐ、ドアが開いてギュンターが入ってきた。先ほどまで食事の席で一緒にいたとはいえ、婚約者が自分の部屋にやってきたことに驚き、ドキドキしてしまう。

「侯爵が、アンネマリーがまだ話し足りないようだから部屋を訪ねてやってほしいと言っていたから来てみたのだが」

「まあ……そうだったのですか」

何事だろうかと思っていたが、彼の言葉で理解できた。これは父なりの気遣いである。

食事の席で例の話を切り出せなかったため、話す機会を作ってくれたのだ。

それを理解できたものの、やはり自室で話をするのはためらわれる。

「よろしければ、談話室に行きませんか？　お茶も用意させますし」

「いや、そんなに気を使わないでいいよ。侯爵も、婚約者なのだから堅苦しくならなくていいって言ってくれたし」

「そうですか……」

未婚の令嬢がいくら婚約者相手とはいえ、殿方と部屋で二人きりになるなんてあってはならないことだ。

だが、父親がわざわざ許可したのだから、特例として認められるのだろう。

ようは、親密な空気の中で自然な流れで話を切り出して説得せよということに違いないと、アンネマリーは受け取った。

「改めてのご挨拶になりますが、おかえりなさいませ」

アンネマリーはギュンターに長椅子を進めると、自分も向かいの椅子に腰を下ろした。

「ただいま。……まだ帰ってくる気はなかったんだけれど、君に会えたのは嬉しいな」

「私もです……」

寛《くつろ》いだ雰囲気で和やかではあるものの、〝まだ帰ってくる気はなかった〟などと言われると、本題が切り出しにくい。

やはり国王の言うとおり、納得してはいないようだ。

だが、切り出しやすい機会をうかがっているうちに、彼が来賓用の部屋に戻ってしまう可能性もある。

そう考えると、多少強引でも本題を切り出しておいたほうがいいのかもしれない。

「あの……王位を継ぐことを迷っていらっしゃるのですか?」

「やっぱりその話か」

アンネマリーが意を決して口を開くと、ギュンターは困った顔をした。声も、どことなく暗くなる。

彼にとって嫌な話をしてしまったとわかるから、申し訳なくなった。

「正直に言えば、納得していない。だって僕は、これまで王位を継ぐ者としては育てられて来なかったのだから。……兄上がいたときはみんな兄上にばかり注目していたくせに」

それは、彼の叫びだった。声を荒らげてはいないが、悲痛さがにじむ。

「別に、第二王子に生まれたことも周囲からそう扱われて育ったことも恨んでいないし、嫌だったわけじゃない。成長するうちに折り合いはつけたつもりだしね。でも……今さら何だよって話だよな。やりたいことを見つけて、やっと面白くなってきたときに……」

「そうですよね。ギュンター様は昔から、魔術がお好きでしたから」

「まあそれもある。けれど、一番嫌だったのは、あと少しで大事なものが完成するんだったんだ。それを邪魔された格好なのが嫌だ」

「それは……嫌ですね」

　マギレーベンで何か研究していたのだろう。ギュンターは不満そうだ。彼が面白くないと感じるのは当然だから、アンネマリーもそれを無視して説得などできないと思っている。

「ただ、僕が継がなければ国が荒れるのだって承知している。遡《さかのぼ》れば王家の血筋を引いているという理由で、国内の公爵家が軒並み名乗りを上げるだろうさ。そんなことになれば、他国に付け入られる恐れも出てくる」

「貴族の派閥争いが始まるでしょうし、それぞれの公爵家も王位を巡る争いを有利に運ばせるために他国の支援を受けるなどの手段を取るかもしれませんものね」

「そうなったとき、迷惑を被るのは民たちだ。……それがわかっているから、立太子を拒否するなんて言うわけがないんだ。それなのに父上は、命じるのではなくあくまで僕の意思で同意するよう願っている」

　アンネマリーはようやく、ギュンターが何を嫌がっているのか理解できた。

　彼は自分が王位を継がなければならないことは十分すぎるほど理解できているのだ。その上で、やりたくないと感じている。

それなのに、国王はギュンターが自ら立太子される選択を選び取ってほしいと思っていることに苛立《いらだ》ちがあるのだろう。

拒否権などないのに命令されないというのは、きっと嫌な気持ちになるに違いない。

「父上には嫌だと伝えてはいるものの、承諾しなければならないとは思っているんだ。だから帰国した。というわけで、アンネマリーはそんなに思いつめなくていいよ。大方、父上が君に僕の説得を頼んだんだろうけれど」

「え……はい」

すべて見透かされていたのだと思って、アンネマリーは一気に体から力が抜けてしまうようだった。そんな様子を、ギュンターはじっと見つめている。

「でも、不本意ながら立太子されるわけだから、こんな可哀想な僕にご褒美をくれないかな？」

「ご褒美、ですか？　差し上げます！　私にあげられるものなら何でも！」

彼の気持ちが変わってしまってはいけないと、アンネマリーは勢い込んで返事をした。

すると、彼は嬉しそうに微笑む。

「よかった。ずっと欲しかったんだよね。じゃあアンネマリー、寝台へ行こうか」

「え……？」

一瞬何を言われたのかわからず、アンネマリーは首を傾《かし》げた。

だが、じっと見つめてくる彼の目を見るうちに、じわじわと理解する。

「……どうして、寝台に？」

「君が欲しいから。『私にあげられるものなら何でも』って言ったじゃないか」

わからないふりをしてはぐらかそうとしたのに、今度ははっきり言われてしまった。しかも、彼は椅子から立ち上がって、距離を詰めてきている。

「君を抱きたいんだ」

「……っ」

そっと耳元で囁かれるように言われて、アンネマリーは動けなくなった。

怖いのとは違う、別の理由で。それが何かわからず、ひたすら戸惑う。

「王太子、ゆくゆくは王にだなんて……すごい重圧だ。でも、君が今夜僕のものになってくれるなら、頑張ってみてもいいかもな」

「私が、あなたのものに……」

すぐ近くで、ギュンターが見つめてきた。屈《かが》んでのぞき込まれているから、彼の顔が暗く影になっている。

彼の琥珀色の瞳が、まるで夜空に浮かぶ月のように見えた。

そういえば子どもの頃、彼のこの瞳が美しくて好きだったと思い出す。

「で、ですが……私たちはまだ夫婦ではありません。殿方はそうではありませんが、未婚の女性が体を許すなんて、あってはならないことではありませんか……」

このまま月の瞳に見つめられていてはどうにかなってしまいそうだと、慌てて目をそらした。だが、顎を捕まえられ、正面を向かされる。

「いいじゃないか。時期が来たら夫婦になるんだ。それとも僕が、君を抱くだけ抱いて放り出すような男だと思っているのか？」

「そういうわけでは……」

ギュンターが傷ついたのがわかり、アンネマリーは焦った。

傷つけたかったわけではない。未婚の女性として当然の懸念を感じていただけだ。

「……僕がどんな思いでいるか、わからないからそんな心配するんだよ。離すわけないだろ」

「んっ……」

怒ったように言うと、彼は無理やり口づけてきた。

逃れようとするのに、後ろ頭を押さえられて逃げられない。柔らかな唇を押し当てられ、舌で弄《まさぐ》られ、慌てて口を開いてしまうと、口内も蹂躙《じゅうりん》された。

それは、奪い尽くすような口づけだった。

呼吸を、抵抗する意思を、思考する力を奪っていく。

息が苦しくて、恥ずかしくて、逃げ出したくてたまらないのに、そのうちに頭の中がふわふわしてきてしまった。

「……かわいい。いつも知的な君が、こんなふうにとろけた顔になっちゃうなんて。さあ、寝台に運んであげる。もっととろけた顔を僕にだけ見せて」

「きゃっ」

体の力が抜けていたところを、抱き上げられ運ばれていく。

どうにかして逃れようとするも、彼の力強さに敵《かな》わない。

四年前までは、線が細くどこか頼りなくて、それゆえ年上でありながら弟のように思っていた部分もあったのに。

今の彼は、立派な男の人だ。その当たり前の事実に、アンネマリーはドキドキしていた。

「大丈夫。うんと優しくするから」

アンネマリーを寝台に横たえると、そっと頬《ほお》に触れてきてギュンターは言った。

彼が傷つけるつもりはないのはわかる。だが、このまま流されるように応じていいのか、淑女として教育された心が抵抗するのだ。

「ギュンター様……」

覆《おお》い被《かぶ》さってきた彼に声をかけると、「ん？」と言って優しく首を傾げられた。

アンネマリーがこの先の行為に抵抗があると、わからないようだ。

「怖くないよ」

「ですが……」

じっと見つめてくる彼の瞳が、こちらをうかがうように不安げに揺れる。答えを間違えば、また彼を傷つけてしまうのだろう。

王命があるから失敗できないという思いもある。だが、それ以上に彼を傷つけたくなくて、アンネマリーは言葉が見つからなかった。

「僕に抱かれる覚悟がない人に、王位についての覚悟を説かれたくはないな。僕のものになって、僕を支える覚悟はある？」

月のような彼の瞳にまっすぐ射抜かれた。

その言葉に、眼差《まなざ》しに、アンネマリーは覚悟を決める。

「……あります」

じっと見つめ返して言えば、彼は安心したようにふっと微笑んだ。それから、ポケットから小瓶を取り出す。

「それならよかった。だったら、うんと優しくしてあげる。初めてでも、痛いなんて感じさせないから」

「んぅ……」

再び覆い被さられ、唇を奪われた。荒々しく口づけながら、彼の手はアンネマリーのドレスの留め具に伸びる。留め具をひとつひとつ外し、ドレスを脱がせていく。

本当は恥ずかしくて逃げ出したいと思っているのに、抵抗をして覚悟がないと思われたくなかった。だから、どんどん肌をあらわにされていく羞恥に震えながら、同時に口づけの気持ちよさにとろけていた。

「君だけ脱がせるのは平等じゃないよね。僕も脱ぐから」

アンネマリーを下着姿にすると、ギュンターはそう言って自身も服を脱ぎ始める。

上着を脱ぎ、シャツを脱ぐと、彼の肌があらわになる。

筋肉が乗った肉体は自分のものとはまるで違っていて、アンネマリーはドキドキしてしまった。

つい見入っていたことに彼が気がつくと、うっとりと微笑まれる。

「君にそんなふうに見つめられると照れるな。昔から僕を見てくれるのは君だけだ」

「そんなことは……ひゃっ」

　太ももに触れられ、思わず悲鳴じみた声が漏れた。だが、彼の指がそこで止まらず、裾から下着の中に侵入してきてさらに驚いてしまう。

　人には決して晒《さら》すことのない部分に触れられ、アンネマリーは羞恥に震えた。

「だ、だめです！　ギュンター様、なにを……？」

「君のここが濡《ぬ》れているか確認していたんだよ。んー……やっぱり初めてだし、緊張してるから簡単には濡れないか。痛い思いはさせたくないから、これを使おう」

　そう言って彼が手にしたのは、先ほど取り出した小瓶だ。蓋を開け、中のトロリとした液体を指につけると、再び下着の中に侵入してくる。

「やっ……ぁ……」

「しっかり塗りこんであげるからね」

「ん……」

　彼の指は、そっとアンネマリーの秘処を撫《な》でている。液体を擦り込むように優しく、ゆっくりと撫でられる。

　そんなふうに穏やかに触れられているはずなのに、なぜだかそこがジンジンと熱を持ち始めた。甘く痺《しび》れるみたいな未知の感覚に、怖くなってしまう。

「……ギュンターさま、これは……？」

アンネマリーはたまらず尋ねた。落ち着かず、腰がそわそわする。

それを見て、彼はクスッと笑った。

「媚薬《びやく》だよ。効いてきたみたいだね」

「……媚薬」

塗られたものの正体がわかったからか、それとも本当に薬の効果が出てきたのか、アンネマリーは自分の秘処がひくつくのがわかった。

「感じているアンネマリー、いいな。ほかの部分も敏感になったほうが君の体の負担も減るだろうから、ここにも塗ってしまうね」

「ひゃっ」

彼の指が、今度は胸元へ伸びてきた。そっと胸の頂を摘まれて、薬を塗りこまれる。

「んっ……」

胸に自分で触れても何も感じたことなどなかったのに、彼の指が触れた途端、甘く切なくなるような感覚が全身を走った。

触られているのは胸なのに、先ほど薬を塗られた秘処もジンジンしていた。

もどかしくて、どうにかなってしまいそうで、腰を揺らしながら膝頭を擦り合わせる。

「アンネマリー、感じてきたんだね。そっか……胸のほうが感じるんだ。じゃあ、先に胸から可愛がろうか」

そう言って、ギュンターはアンネマリーのシュミーズとドロワーズを脱がせた。

ついに一糸纏わぬ姿にさせられ、アンネマリーは思わず胸部と秘処を隠そうとした。

「だめだよ。隠したら、可愛がれないだろ？」

「でも、肌を晒すなんて……」

「体、疼《うず》いたままでいいの？　どんどん敏感になっていっているんだろ？」

「…………」

彼にじっと見つめられるだけで、アンネマリーは体の奥がどんどん熱くなるのを感じていた。それに応じて疼きも大きくなる。

先ほど撫でられた秘裂が、摘まれた胸の頂が、熱を持って脈打っている。

このまま触れられないままでいられるのかと考えるが、すぐに無理だとわかった。

空気がかすかに触れるだけでも感じてしまう。

「ほら、あきらめて見せてごらん」

「ひっ……」

ギュンターはアンネマリーの両手を摑《つか》むと、頭の上でまとめて押さえつける。両手を挙げる格好になり、豊かに実ったふたつの膨らみが、彼の眼前に突き出された。

「アンネマリーは着痩せするんだな」

「……あまり見ないでください」

「どうして？」

「胸が大きすぎて……淑《しと》やかではないのが悩みなのです」

彼に見つめられ、アンネマリーは顔を真っ赤にしていた。

大きすぎる胸が悩みで、ドレス選びにも実はいつも苦戦しているのだ。

あまりにも慎《つつ》ましやかでも悩むというが、この国で美しいとされるほどよい大きさの胸よりもはるかに育った自身の胸を、アンネマリーは恥ずかしいと感じていた。

太らないようにと節制しても、胸ばかりが大きく実っていくのだ。

そんな自分の体がはしたなくだらしなく思えて、なるべく胸が目立たないドレスを身に着けてきた。

だから、彼にも軽蔑されてしまったのかと思った。だが、そうではなかったらしい。

「悩みは人それぞれだよね。でも僕は、君のこの胸を美しいと思う。真っ白でふわふわで、こんなふうに少し力を込めただけで指先が沈みこんでいくね」

「ふ、ぁ……」

言いながら、ギュンターはアンネマリーの胸をやわやわと揉《も》みしだいた。

柔らかい肌の感触を楽しむように指を動かしつつも、的確に頂《いただき》にも刺激を与える。

薬を塗られたからか、それともそこが触れられると気持ちがいい部分なのか、アンネマリーは押し寄せる快感に震えていた。

触られているのは胸の頂なのに、なぜか秘裂と下腹部もジンジンと疼いてくる。

「赤くなってきた。ベリーみたいだ」

「ひゃぅっ」

摘まれ、指先で捏《こ》ねられたことで、胸の頂は真っ赤に充血していた。それをペロリと舐《な》められ、温かで柔らかな舌の感触にアンネマリーの腰は跳ねる。

片方の胸はやわやわと揉まれ、もう片方の胸は先端を口に含まれ舌先で転がされ、気持ちがよくてたまらない。

下腹部でじわじわとさざなみが水面に起こるように、快感が全身に広がっていく。

美しいギュンターが自分の胸に吸いついているという光景も、淫らで恥ずかしくてドキドキしてしまう。

「は、ぁっ……ギュンターさまっ……あぁんっ」

胸への愛撫《あいぶ》で感じていると、彼の手が再び秘裂に伸ばされた。

ひと撫でされるだけで、そこが濡れているのがわかる。

「濡れてきたね……今度は、こっちを解していくよ」

「やっ……だめです！　ギュンター様っ、やめてっ……あぁっ！」

両脚を左右に開かせられたかと思うと、彼は秘処に顔を埋めた。

「あぁぁんっ……だめっ……ぁっ」

舌先が秘裂を下からすくい上げるようになぞると、ゾクゾクッと快感が走った。

秘裂の上、髪と同じ色のうっすらとした茂みの奥から覗《のぞ》く小さな肉芽に舌先が当たると、強烈な快感が体をかけ巡って思わず腰が大きく跳ねる。

ギュンターは荒々しく口づけたのと同じように、秘処を唇と舌で愛撫した。上唇と下唇を食《は》むように動かし、舌はねっとりと押し当てて舐《な》め回したり、時折つつくような動きをする。

「やめて、ギュンター、さま、ぁっ……そんなところ、きたないからぁ……あぁんっ！」

快感のあまり理性がとろけそうになる中、アンネマリーは必死に訴えた。

秘められた場所に触れられているだけでも恥ずかしいのに、そんな場所を舐められているることに耐えられない。

必死に抵抗するも、彼が動きを止めてくれる気配はない。それどころか、彼の舌の動きはより一層加速していく。

「あぁんっ、そこっ……あぁっ」

彼の舌が、秘裂を割って中へと入り込んできた。軽く抜き挿しされるだけで、またビリビリとした快感を覚える。

彼にそうして刺激されると、自身の中からとろりとした蜜のようなものが溢《あふ》れ出してくるのがわかる。これが濡れるということなのだと、実感を持って理解していく。

蜜口を素早い動きで舐められるうちに、快感がどんどん膨れ上がっていくのを感じた。

それは腰の揺れに、甘い啼《な》き声に表れてしまっている。

畳み掛けるように、チュッと音を立てて花芽を吸われ、アンネマリーはビクンと大きく腰を跳ねさせた。

「んっ……あぁ、ぁっ……！」

快感の頂点まで上りつめたアンネマリーは、自身の秘処と下腹部が切なく疼くのを感じながら、意識を一瞬遠くへ飛ばした。

「上手に達したね。――うん、十分に濡れた」

秘処から顔を上げたギュンターは、満足そうに微笑んだ。その涼しげな美貌に、アンネマリーはドキドキしてしまう。

この美しい人が先ほどまで自分の恥ずかしいところを舐め回していたのだと思うと、信じられないような気持ちになった。

だが、これで終わりではないことも当然わかっている。

年齢的にもいつ嫁いでもおかしくないため、ひと通り閨《ねや》教育は受けているのだ。

だから、彼の陰茎を自分の膣《ちつ》に迎え入れるまで終わりではないことも知っている。

「そんなに身を固くして……大丈夫だよ。いきなり貫いたりしない。今から、もう少し解していこうね」

そう言ってから、彼は蜜口に指を一本沈めていった。

「ん……」

固く閉ざされた隘路《あいろ》を、指が分け入っていく。それが苦しい気がしたものの、痛みはなく、やがて気持ちよさを覚えるようになっていった。

「すごいな……こんなに濡れているのに、指一本すら呑《の》み込《こ》むのが難しいほど狭いなんて。ここも一緒に舐めてあげないとな」

「あぁぁっ」

指を抜き挿《さ》ししながら、彼はまた花芽を舐めた。舌先で押し潰すように舐められただけで、体に快感の激流が走る。

蜜を啜《すす》られ、花芽を吸われ、アンネマリーは快感に震えた。時折軽く歯を当てられるのすら気持ちがよくて、どんどん蜜が溢《あふ》れてくるのを感じていた。

初めは指を抜き挿しされるのは異物感しかなかったのに、そのうちに蜜壺でも気持ちよさを覚えるようになっていた。いつの間にか指を二本に増やされて、揃《そろ》えた指で腹側のある部分をぐっと押されたとき、あまりの快感に大きく腰が跳ねた。

「あぁッ……！」

「そうか、ここか。いい表情になってきたね、アンネマリー。もっともっと感じさせてあげるからね」

「やっ、だめぇっ……あぁんっ！」

ぐりっ……と花芽を親指で押しつぶされながら、蜜壺のごく浅い部分にある好い場所を指二本で押された。それだけでも気持ちよくてたまらないのに、彼は揺らすように手を小刻みに動かした。

二ヶ所の敏感な部分をそんなふうに刺激されて、アンネマリーはあっという間にまた快楽の頂を極める。

ビリビリした強烈な快感に包まれ、背中を大きく仰《の》け反《ぞ》らせるように達した。

「……あっ……ぁ、……」

「爪先ピンとして……かわいいな。アンネマリーは果てる姿すら可愛くて美しい。こんなに僕の指を締めつけて……ああ、もう我慢できないよ」

達したアンネマリーの蜜壺から指を引き抜くと、ギュンターはそう言って自身のトラウザーズに手をかけた。

一気に引き下ろされると、その布地の下で窮屈にしていた彼自身が現れる。

初めて目にする男性器に、アンネマリーは声にならない悲鳴を上げた。

それは、肉塊と表現するのが相応しいものだった。ほっそりとしたアンネマリーの手首とそう変わらないほどの太さがある。

硬く大きなその表面には血管が浮かんでいて、時折ピクリと動く。まるで意思を持っているみたいだ。

「アンネマリーがあまりにも可愛いから、こんなになってしまった」

反り返って腹につきそうになっているものを、彼はアンネマリーに見せつける。

これからこの太くて大きなものに食べられてしまうのだと思うと怖いのに、なぜだかアンネマリーの下腹部は痛いほどキュンと疼いていた。

だが、やはり恐怖が勝る。

「ギュンター様、それ……そんなの、無理です……」

アンネマリーは涙目になって、いやいやと首を振った。しかし、そんな仕草は彼を笑顔にするだけだ。

「怖いよね。なるべく痛くないようにしてあげたいけれど、最初はやっぱり少し苦しいと思う。だって、何も知らない君の中を、これから僕の形に作り変えるんだから」

「んっ」

彼はうっとりした表情で言うと、覆い被さって口づけてきた。舐められ、舌を絡められ、アンネマリーの思考はとろけてきてしまう。

口づけながら、ギュンターは自身をアンネマリーに押し当てていた。蜜で濡れた秘裂に硬いものが押し当てられる感覚に、アンネマリーは無意識に腰を揺らしてしまっていた。

「そんなねだるようなことをされたら……壊したくなるだろ」

彼は何かに耐えるように、吐息を零《こぼ》すように耳元で囁いてきた。

耳に息を吹き込まれ、それだけでアンネマリーは感じてしまう。

快感を期待して、蜜口が小さく蠢《うごめ》いているのがわかる。押し当てられている彼のものを、早く呑み込みたくてたまらないのだ。

初めてで怖いはずなのに、こんなに大きなものを呑み込むのはきっと苦しいはずなのに、キュンキュンと疼く下腹部が寂しくて、そこを早く埋めてほしくて、アンネマリーは腰を

揺らすのをやめられなかった。

「ギュンターさま……あの、お腹《なか》の奥が熱くて、触れられたところがジンジンして……どうしたらいいですか……?」

眉根を寄せ、目を潤ませてアンネマリーは必死な様子で尋ねる。その顔を見て、ギュンターは眩《まぶ》しいものを見るみたいに目を細めた。

「そんな顔しちゃ、だめだって……媚薬が効きすぎたな。いや、いいことなのか……もう少し慣らしたかったけれど、無理だ。——挿《い》れるよ」

「……あぁっ」

ギュンターはアンネマリーの脚を左右に開かせると、蜜口に自身をあてがい、ゆっくりと腰を前に進めた。

太く硬いものが自分の中を進んでいく感覚に、アンネマリーは恐怖した。体がそこから裂かれるのではないかという恐怖だ。

だが、同時に足りないものがようやく埋められたかのような、そんな満足感もあった。

何より、自分の中に入ってきた彼が本当に気持ちよさそうな表情をしているのが、たまらなく嬉しかった。

「すごい……アンネマリーの中、こんなに気持ちいいなんて……あぁ……」

優しく腰を振りながら、少しずつ彼のものは奥へ進んでくる。濡れた肉襞に包まれるのがよほど気持ちいいらしく、彼の顔には恍惚《こうこつ》の表情が浮かんでいた。

「聞くと知るでは、こんなに違う……だめだ……気持ちよすぎる」

息を詰めて与えられる感覚に押し流されないようにしていたアンネマリーは、思わずこぼれたといった感じの彼の言葉が気になった。

「……ギュンター様も、初めてなのですか？　その、閨教育は……？」

貴族の子息や王族たちは、ある程度の年齢に達すると指南役をあてがわれ、閨教育を受けるという。もしくは、実地で経験を積むこともあるらしい。

だから当然彼も経験済みだと思っていたのだが、先ほどの言葉を聞くとそうではないのかもしれない。

「僕がそういうこと、しそうに見える？　潔癖なんだよね。妻にもまっさらでいてほしいけれど、僕自身もまっさらな状態で臨《のぞ》みたいって考え。経験なら妻相手に積むからいい。その代わり、知識はたっぷり詰めてきたつもりだ」

「あっ……や、あんっ！」

アンネマリーの問いに気を悪くしたのか、彼の動きが激しくなった。大きく抜き挿しされると敏感な部分が擦られて、快感が走る。

「どう？　初めてだけど、気持ちいいだろ？　感じてるなら、ちゃんと言葉にして？　僕、君を気持ちよくできてる？」

「あっ、あぁっ……きもち、いぃっ、です……んっ、あっ、あぁんっ」

「僕も、気持ちいいよ……あぁ、アンネマリー……こんなに締めつけて……奥に来て、どこにも行かないでって言っているみたいだ……かわいい！　だめだ……腰、止まらない」

アンネマリーが素直に感じているのを口にすると、彼の何かに火がついたらしい。

激しく肉楔が抜き挿しされるようになった。

蜜をかき回す淫靡《いんび》な水音と、肌と肌がぶつかり合う音が室内に響く。獣のような荒い息遣いも。

先ほどまであった初心《うぶ》なアンネマリーを気遣う様子はすっかりなくなり、ギュンターは獣のような劣情を一心不乱にぶつけてきていた。

「……締めつけがすごい。アンネマリー、イきそうなんだね？　——いいよ、イッて」

「え、あ、だめっ……ぁあ、んっ——！」

激しく抜き挿しされ、好い部分を何度も擦られるうちに高められていたのに、さらに追い打ちをかけるように花芽を親指で強く捏ねられ、アンネマリーは達した。

背を仰け反らせ、爪先をピンと伸ばしたことで蜜壺が収縮し、中に呑み込んだギュンターのものを食い締める。それにはたまらず、彼も大きく息を吐いた。

「くっ……出る……」

ぐりっと最奥を突き上げた直後、彼のものは震えた。その力強い震えに合わせ、欲望が迸《ほとばし》る。

達して力が抜けた体で、アンネマリーは彼の脈動を感じていた。繰り返し何度も、注ぎ込まれていくのがわかる。それを吸い上げるみたいに、蜜壺が切なく蠢いていることも。

「……ごめん。途中から、余裕なくて……優しくするって、決めていたのに」

アンネマリーの中から出ていくと、ギュンターはそう言って抱きしめてきた。

確かに途中からうんと激しくされてしまったが、媚薬のおかげなのか、痛みなどはなかった。むしろ、かなり気持ちよかった。

だから、それを伝えたくてアンネマリーも抱きしめ返す。

「私も、気持ちがよかったです……こんなことを言うと、はしたない女だと思われてしまうのかもしれませんが」

「なにそれ……かわいい。どんどんはしたなくなるといいよ。僕限定でね」

「きゃっ」

頬を染めたアンネマリーを見つめて、ギュンターが嬉しくてたまらないというようににやけた。それから、首筋に顔を埋めて、そこを強く吸う。

　少し痛くて驚いていると、その顔を見てまた彼は笑った。

「君が僕のものだって印をつけたんだ」

「ギュンターさまの、もの……」

「そう。今夜は、君が僕のものになった記念すべき日だ。……幸せだな。この幸せな気分のまま、眠りに就こう」

　感激したように言ってから、彼はまたアンネマリーを抱きしめた。

　腕の中は、濃い彼のにおいがした。そのにおいを嗅いでアンネマリーのお腹の奥は思い出したかのように疼くが、初めての経験をして疲れていたのもあって、やがて眠たくなってきてしまった。

　考えなければいけないことがたくさんあった。ギュンターとも、もっと言葉を交わさなければならなかった。

　だが、包み込まれる体温と安心感のせいで、そのうちに眠りの世界に落ちていた。

第二章

情事の翌朝。

アンネマリーは、優しく揺り動かされて目覚めた。

まだ夢うつつで昨夜のことを思い出せていなかったため、目を開けて驚いてしまった。

「おはよう、僕のアンネマリー」

目の前にはギュンターがいて、彼は口の中でそっと転がすように甘くアンネマリーを呼んだ。

起きてすぐ彼が目に入ったことで、昨夜彼に抱かれたのを思い出す。

それに、彼も自分も生まれたままの姿をしていた。

「……おはようございます、ギュンター様」

「いいね。可愛い君が目覚めて一番に目にするのが僕だということが」

彼はそう嬉しそうに言って、口づけてきた。荒々しさはなく、撫でるみたいな接吻《せっぷん》だ。

「初めて共に夜を過ごしたのだから、本当はもっと一緒にいたいのだけれど。もうすぐ君の侍女が起こしにくるだろう。だから、僕も支度をしてお暇《いとま》するよ」

彼は寝台から起き出すと、素早く衣服を身に着けていった。ひとりで支度ができるのかと驚いたが、きっと留学中にある程度自分でできるようになったのだろう。

「それじゃあ、またね」

「はい、また……」

昨夜の情熱的な様子と打って変わって、彼は実にあっさりと出て行ってしまった。

アンネマリーはまだ夢のさなかにいるようで気持ちの整理はできていないのに。

だが、ひとり残された部屋で侍女が来るのを待っているうちに、冷静になってきた。

（どうしよう……昨夜のこと、誰かに知られるのはまずいのでは？　侍女が来たら急いで着替えさせてもらって、何でもない顔をして朝食室に下りていけば大丈夫？）

一番の目的であったギュンターを説得できたかどうかよりも、アンネマリーは自分が未婚の淑女にあるまじき行為をしてしまったことに焦っていた。

昨夜はとても優しくしてもらい、まさに夢のような時間を過ごしたが、彼が去ったあとに押し寄せてくる現実に頭を悩ませなければいけない。

「お嬢様、おはようございます」

ドアがノックされ、侍女が入ってきた。アンネマリーは慌ててシーツにくるまるが、寝台そばに散らばったドレスや下着を見れば、隠れる行為は無意味だ。

「お、おはよう」

「お顔色がよくて安心いたしました。昨夜は殿下に可愛がっていただいたんですね」

「え……」

「旦那様も大喜びでしたよ。お嬢様が殿下のご寵愛《ちょうあい》を受けたことが、これで誰の目にもはっきりしましたから」

「……え？」

慌てるアンネマリーとは対象的に、侍女はニコニコと嬉しそうだ。彼女の言葉から、昨夜のできごとはすでに周知の事実であり、それが屋敷の中だけでないことも察せられる。

「さあ、お支度をしましょうね。お支度が済んだら、朝食を部屋に運ばせます」

「朝食室に下りなくていいの？」

「朝食室で召し上がるのは殿方と未婚の淑女だけですよ」

「……そうよね」

一縷《いちる》の望みをかけて尋ねてみたが、侍女の発言で完全に昨夜のことを把握されてしまっているのがわかる。

そのあとアンネマリーは、恥ずかしいやら混乱するやらで動転しつつも、どうにか身支度を整えて朝食も済ませた。

体をいたわるために軽めの食べやすいものが用意されていたが、気が動転していて何を食べたのかいまいち記憶にない。

そのせいか、まだどことなく体が怠《だる》いように感じられた。

だが、父に呼ばれていたためいつまでも部屋にいるわけにはいかず、人心地ついてから向かった。

「お父様、お待たせしました」

「おお、来たな。朝から手紙がひっきりなしに届いて忙しかったから、待った気はしなかったがな」

父の執務室を尋ねると、彼は机に向かって手紙の封を開けていた。忙しかったというのは、どうやら本当らしい。

父はペーパーナイフで封を切っては便箋に目を通し、また別の手紙を開いては目を通しと、流れ作業で確認している。そんな手紙の読み方があっていいのだろうかと思いつつも、机の上を見れば尋常ならざる量のものが届いているのも理解できた。

「そんなにお手紙が……一体、どうされたのですか？」

「お前と殿下のことを知った人たちが、いち早くご機嫌うかがいを寄越《よこ》しているんだ」

心配して尋ねると、父はどこか得意げに言った。ギュンターとアンネマリーが婚約しているのなんて四年前から周知の事実なのに、一体何を知ったというのだろう。

「……どういうことです？」

「今朝、殿下が王城にお帰りになる際に私もお見送りに参ったのだ。我が家の馬車でな。それを見て、察しのいい貴族たちは殿下が我が家で一夜を過ごされたことを、その意味を理解したのだろうなぁ」

「それってつまり……お父様！　何てことをしたのですか⁉」

ようやく意味がわかって、アンネマリーは怒りと恥ずかしさで顔を真っ赤にした。

父はあろうことか、娘がギュンター王子の〝お手つき〟になったことを大々的に匂わせたのだ。王家の紋章が施された馬車の後ろを、リーベルト家の紋章をつけた馬車が走っているのを見たら、王家の誰かがリーベルト家を訪れたことは伝わるだろう。

いくら婚約しているとはいえ、未婚の女性が体を許したことを世間に向けて公表するなんてあってはならないことだ。ましてや、身内である父親にそんなことをされるだなんて思ってもみなかった。

「アンネマリー、お前は何もわかっておらんな。もうすでに政治的駆け引きは始まっておって、優位に立つために色仕掛けでも何でもして立場を確立せねばならんのだ！」

怒るアンネマリーに対し、父もまた真剣な顔で返してくる。

ふざけているわけではないのは理解できたが、それでもやはり納得できない。

「……淑女として育てられ、淑女たれと思ってこれまで生きて参りましたのに……」

「何を落ち込んでいるのだ！　恥ずべきことなど何もない。お前は求められ、殿下を一晩お慰めするという大事な役割を果たしたのだ。そこらの男と適当に一夜を共にしたのとはわけが違うのだぞ？　後ろ指を指すやつがいれば、勝手にさせておけ」

「確かにそうですけれど……」

娘が寵愛を受けたとあって、父はどこまでも前向きで強気だ。まだ初心なところが多分に残っているアンネマリーは、そんなふうにわりきるのはまだ難しかった。

「それにな、今朝屋敷を出ていかれる殿下を見たら、さっぱりした顔をされていたぞ。やはり、お前と過ごしたことでお心が定まったのだろう」

「……それなら、よかったですけれど」

まさか立太子の件を受け入れるご褒美にと抱かれたとは知らないから、父は誇らしそうだ。肌を重ねる前から、彼の気持ちはおそらく決まっていた。自分の気持ちと折り合いをつけるためにあんなことを言って抱いたのではないかと、昨夜のめくるめく時間を思い出して感じる。

「きっと、国王陛下もお喜びになるぞ。お前は立派に王命を果たしたのだ」

父がニカッと笑ってアンネマリーを褒めたそのとき、少し慌てた様子でドアがノックされた。入ってきたのは執事長で、その手には手紙が握られている。

「お嬢様、お手紙です」

「私に手紙って……陛下からだわ！」

手紙に押された封蠟《ふうろう》が見間違うことのない王家の紋章で、すぐさまアンネマリーは事態を理解した。慌てて来るのも理解できる。

執事長から手紙を受け取り、父からペーパーナイフを借りて急いで封を切った。中から出てきた便箋には、『礼が言いたい。すぐに城へ登るように』とだけ記されている。

「おお、なるほど。理解したぞ！　アンネマリー、すぐに支度をしなさい」

手紙の文面だけで何かを理解したらしい父は、そう言ってすぐさま自身も動き出した。陛下にお目通りするのならば確かに着替えなければならないと、アンネマリーも急いで自室に戻る。

張り切る侍女をなだめつつ、陛下の御前《ごぜん》に出るのに見苦しくない装いに改めてから、アンネマリーは父と共に王城へ向かった。

前回とは違い、今回はおおよその用向きはわかっている。だが、それでも陛下の前に出るというのは緊張するものだ。

「アンネマリー嬢、よくやってくれた。今朝、ギュンターから立太子の件を引き受ける覚悟が決まったと報告を受けた。そなたがきちんと導いてくれたおかげだな。感謝する」

「……もったいないお言葉です。殿下はこの国のことを思っておられる、ただそれだけです。国を思えば、正しい判断を下せる方ですから」

国王に手放しで褒められ感謝され、アンネマリーは恐縮しきりだった。だが、実際には何もしておらず、ギュンター自身できちんと答えを出せたことは伝えておかねばならない。

「覚悟が決まったのはやはり、そなたの存在があってこそだろう。アンネマリー嬢にも王太子妃としての部屋をあてがってほしいと頼まれた。おそらく、すぐそばで自分を支えてほしいと考えているのだな」

「それは……大変光栄に存じます」

国王はさらりと言ったが、それは実質アンネマリーが王太子妃に内定したということだった。

アンネマリーはギュンターの婚約者だが、それはあくまで彼が第二王子だった頃に結ばれたものだ。

彼が立太子され、ゆくゆくは王になるというのなら、その伴侶もしかるべき候補から選び直すと言われる可能性も考えてはいた。

そうなれば、すでに純潔ではないアンネマリーに次の嫁ぎ先はない。よくてギュンターの愛妾《あいしょう》、悪ければ修道院行きだ。

彼はそんなことにはならないというようなことを言ってくれていたが、約束は守ってくれたらしい。

「それでは、今後のことは決まり次第、すぐに知らせるからな」

「ありがとうございます」

「おお、フロレンツ。くれぐれも道中気をつけてアンネマリー嬢を連れて戻るのだぞ」

アンネマリーが淑女の礼をすると、国王は父を下の名前で呼んでから言った。

わざわざ家名ではなく名前で呼ぶあたり、これまでとはあきらかに国王からの扱いが変わったと感じる。

リーベルト家は、王太子妃を、ゆくゆくは王妃を出した家になるからだ。

「気をつけるとは、何からでしょうか陛下」

名前で呼ばれ、父はわかりやすく嬉しそうにしている。貴族家の当主ならば誰もが一度は夢見る高みのひとつに上ったとあって、喜びにはち切れそうになっているのだろう。

「本日、城で行儀見習いをしていた令嬢たちが何人も実家に戻ることになってな。もしかしたら帰りに廊下ですれ違うかもしれないから、くれぐれも接触させぬように」

「承知いたしました」

状況を呑み込めたらしい父は、表情を引き締めて答えた。

アンネマリーは、王城に行儀見習いの令嬢たちが何人もいるのは知っていたが、彼女たちが実家に戻ることになってなぜ警戒しろと言われたのかいまいち理解できていなかった。だから、謁見の間を出て少し歩いたところで父に尋ねた。

「お父様、行儀見習いの令嬢たちになぜ気をつけなければならないのでしょう?」

コソッと小声で尋ねたのに、父は慌てたように「シッ」と唇に人差し指を当てる仕草をした。それから、周りに人がいないかを確認する。

「お前は、賢いはずなのにやはり抜けているな。野心がなく純粋とも言えるが……王城に滞在することができれば、王太子とも顔を合わせる機会が生まれるだろう?」

「……つまり、王太子――クリスティアン殿下に見初められようと王城に行儀見習いとして留《とど》まっていたご令嬢たち、というわけですね?」

「そうだ。おそらく、陛下からクリスティアン殿下が隣国の女王の王配となる旨を聞いて、撤退を決めた家が多くいたということだろう。そういう家の者にとってお前がどう見えるか、理解できないわけではないな？」

珍しく真剣な顔をした父に問われ、アンネマリーは頷いた。

ちょうどそのとき、前方から女性たちが歩いてくるのが見えた。

彼女たちの姿から、王城を去るご令嬢たちだとわかり、アンネマリーは足を止めた。

道を譲るつもりだったのだが、なぜだか彼女たちのほうが少し悩んだ末に端によけて目を伏せた。

「これはこれは……どうも」

戸惑うアンネマリーの腕を引いて、父は彼女たちのそばを会釈をして通り過ぎる。それに倣ってアンネマリーも頭を下げたが、チリチリと焼けつくような雰囲気を察知して背筋が寒くなった。

「お前がギュンター殿下の婚約者であるから、一応はその立場を尊重するという姿勢を示したのだな」

彼女たちから十分に距離が離れてから、父は小声で言った。平然としてはいたが、父も彼女たちが発する殺気にも似た敵意をヒシヒシと感じていたのだろう。

「……公爵家の方もいらっしゃいましたから、さぞご不満だったでしょうね」

アンネマリーは、先ほど浴びせられた敵意の気配を思い出して身震いした。

本来、社交界では爵位による序列があり、廊下などですれ違う際には下位の者が道を譲るという不文律がある。爵位が同じ場合は、年齢が下の者が譲る。

先ほどの令嬢たちの面々を見るに、アンネマリーよりも年上で公爵家や侯爵家の者たちがほとんどだったように思う。つまり、本来の序列でいえば譲るべきはアンネマリーのほうだったのに、ギュンターの婚約者という立場から彼女たちは一応譲った状況なのである。

(もしかしなくても、私は今、〝渦中の人〟なのね……)

自身の置かれた状況を思って、アンネマリーは胃が痛くなるのを感じていた。

王太子であるクリスティアンは、「自分の伴侶は自分で決める！」と早くから公言していた人だ。

一般的には、王族の婚約者は王家とゆかりがあり、由緒ある公爵家から選ばれることが多い。公爵家はもとを辿《たど》れば王家の血筋に連なるからだ。

だが、クリスティアンが自身で伴侶を選ぶと宣言したため、もしかすると自分が選ばれるという幸運に恵まれるかもしれないと、多くのご令嬢たちが夢見ていた。

その夢見る令嬢たちが、行儀見習いとして王城に滞在していたというわけだ。

これまでクリスティアンがいたから、誰もギュンターに見向きもしなかった。彼自身が社交的でなかったのもあるし、やはり王太子妃を狙えるならばわざわざ第二王子の妃の座を視野に入れたりはしないのだろう。

だから、四年前にギュンターがアンネマリーを婚約者に指名したときも、さざなみ程度の反発はあったものの、誰も表立って大きな声で反対することはなかったのだ。

しかし、クリスティアンが隣国ゾネンレヒトの女王に婿入りして、ギュンターが繰り上がりで王太子の座に就くとなれば話は変わってくる。

侯爵家の人間が王太子妃、ゆくゆくは王妃の座に就くとなれば、公爵家の人間たちは黙っていないだろう。

そして、同じ侯爵家の人たちは自分のところの娘にも機会があるかもしれないと、クリスティアンのときよりさらに熱を入れて妃の座を狙いに来るに違いない。

（それに私、きっと汚い手を使ったと世間には思われているのでしょうね……）

父がとった戦略に改めて思いを馳《は》せ、アンネマリーの気持ちは沈んだ。

結婚前に契りを結んだのも褒められたことではないが、それ以上にその事実を大々的に喧伝《けんでん》したことが何より恥知らずだと思われるだろう。

アンネマリーが逆の立場でも、もしそんな戦略をとった家があれば、口に出して批判はせずとも眉をひそめたのは間違いない。

だが、作戦として有効だったのも理解できていた。

「あ……」

王城を出ようと廊下を歩き続けていると、向こうから見知った人物が歩いてくるのが見えた。

それはアンネマリーが苦手とする人物で、視界に入れるだけで緊張してしまう。だが、立ち止まるのも棒立ちになるのも不自然だから、おかしく思われない位置で足を止めた。

「あら、アンネマリーさんじゃない。ごきげんよう」

「ごきげんよう、ドロテア様」

向こうから歩いてきたのは、シュレーゲル公爵家の令嬢、ドロテアだった。

いつにも増してきらびやかに着飾って、その華やかな愛らしさを存分に振りまいている。

アンネマリーは彼女の、甘やかな容姿に不釣り合いな毒々しさが幼いときから苦手だった。

「ご婚約者であられるギュンター殿下の立太子に向けて、もうすっかり心構えができてらっしゃるのね。すごいわぁ」

ドロテアににっこりと言われ、アンネマリーは一瞬何を言われたのかわからなかった。

だが、少し考えてから、道を譲らなかったことを言われているのだとわかり、慌てて端によけようとした。それを、彼女はにっこり笑って制す。

「いやだわ。そのままでいらして。でないとわたくしが、ギュンター殿下のご婚約者様に道を譲らせた意地悪な女だとみんなから言われてしまうわ」

鈴が転がるような可愛らしい声で言って、ドロテアは笑みを深めた。

はたで見ていれば、愛想のいい令嬢が話しているように見えるだろう。実際、彼女に悪意を向けられる対象にならなければ、彼女の陰険さはなかなかわからない。

声に鋭さがなく、何より顔が可愛らしいからだろう。

子どものときから、ドロテアのことが怖かった。幼いときから、敵に回してはいけない人物だとわかっていた。

それなのに今、徹底的に彼女に敵認定される立場にいる。

「クリスティアン殿下はこだわりの強い方でしたが……ギュンター殿下は誰でもいいようなので、わたくしにもチャンスがありますわね」

ドロテアはアンネマリーのことを頭の先から爪先まで見つめて、「ふふっ」と笑った。

言外に「お前のような女が選ばれるのなら自分のほうが相応しいのだから選ばれるに決まっている」と言いたいのが伝わってくる。

迂遠《うえん》な物言いが巧みな彼女にしては直球の悪口が来たなと思い、アンネマリーは苦笑いを浮かべた。

ギュンターにこれまで見向きもしなかったくせにこんなことを言うのかと呆《あき》れたが、これが貴族の世界の政治だと言われればそれまでだ。

「アンネマリー、お忙しいドロテア嬢をこれ以上お引き留めしてはいけないよ。ドロテア嬢、我々はこれにて」

気配を消して空気と化していた父が、見かねたのか笑顔で口を挟んでいた。声をかけてきたのも絡んできたのも彼女なのだが、一応は目下のリーベルト家から暇《いとま》を告げるのが礼儀であるから間違いではない。

「そうなの。わたくし、これから王城を去る方たちにお別れを言いに来たのだったわ。またお会いすることになるかもしれないけれど」

ドロテアはそれはそれは可愛らしい顔で言ってから、お付きの者たちを引き連れて去っていった。

アンネマリーたちも足早に立ち去り、馬車に乗り込む。

そこで、ようやく深く息をつけたのだった。

「あれは、今後の勢力図を見定めに行ったのだろうな。自分の敵になるのか、それとも今回退場してそれきりになるのか、令嬢たちの様子から察しようとしたに違いない。もしくは、牽制《けんせい》か……」

先ほどのドロテアの発言を反芻《はんすう》しているようだ。父は難しい顔をして言っていた。

父の頭にあるのもまた、貴族社会の政治だろう。

恋愛結婚がないとはいわないが、原則的に貴族社会の結婚は家の利益のためにするものだ。王家に嫁ぐともなればなおさら、その意味は強まる。

（夢のない話ね。でもせめて、誰かひとりでもギュンター様の気持ちに寄り添ってあげたらいいのに）

人々の注目が集まる立場になってもなお、あの頃のお茶会と人間関係は何も変わっていないのだと感じられて、アンネマリーはうんざりした。

子どもの頃のあのお茶会の席からギュンターがいなくなっても気がつかなかったくせに。

彼が王太子の座に就くからと途端に目の色を変えるなんて、ひどい話だ。

「ギュンター殿下はきちんと物事を見極められる方だ。だから、そんなに不安そうにしなくて大丈夫だ。むしろ、不安を気取られるんじゃない。蹴落とされるぞ」

帰りの馬車の中、娘が何も話さずにいたのを、父は不安だからと考えたらしい。

不安がないわけではないが、それよりも周囲を取り巻く不穏な空気に辟易《へきえき》していた。

だが、それを言っても仕方がないことだから、ただ黙って頷くに留めておいた。

謀略渦巻く社交界の気配にうんざりしていたアンネマリーだったが、気落ちしてばかりはいられない。

クリスティアン殿下が隣国へ婿入りすると公《おおやけ》に発表され、国中はお祝いの雰囲気に包まれた。

同時にギュンターが王太子の座に就くことも発表されたから、人々はその話題に夢中だ。

王城で祝賀会が開かれることになり、アンネマリーもその準備に追われていた。

夜会にはこれまで数え切れないほど参加してきたが、今回はただの参加者ではない。

ギュンターの婚約者として人前に立たねばならないから、リーベルト家の気合いの入り方は尋常ではなかった。

とはいえ、今までと違うのは仕立て屋や宝石商が積極的に売り込みに来てくれることだ。

彼らはほかの貴族の家にも出入りしているため、情報も持っている。だから、彼らに任せていると悩みどころである〝ドレスの色被《かぶ》り〟はある程度防げそうだ。

もっとも、これまで自分よりも爵位が上の家柄の令嬢たちと色が被らないようにと気にしなければならない立場だったが、今回からは違う。

むしろアンネマリーが早くにドレスの色と意匠を決めなければ、ほかの令嬢たちが仕立てられないという事情を察せられたため、早く決めようという焦りがあったほどだ。

母や侍女が張り切って生地や意匠を選び、それに対してお針子たちが今季の流行《はや》りについて力説し、リーベルト家の屋敷のサロンはここ数日騒がしかった。

自分が口を挟むと話がさらにややこしくなるだろうかとアンネマリーは黙っていたのだが、そうするとドレスが場違いにどんどん豪奢《ごうしゃ》になっていってしまいそうで、どうしたものかと考えていた。

そんなとき、従僕が慌てた様子でサロンに転がり込んできた。

「アンネマリー様！　殿下からお届け物です」

そう言って何やら大きな箱が運び込まれてくる。それにはカードが添えてあり、『僕の青薔薇へ　これでドレスを仕立てたらいいよ。』とだけ書かれていた。

箱を開けると、中には生地が入っていて、ひと目見て特別なものだとわかる。

それは、薄紅から濃い青へと移り変わる変わった色の生地だった。しかも、表面には微細な光の粒が乗っており、角度を変えるとキラキラする。

「これ、昼から夜に移り変わる夕焼け空の色ですね……」

お針子のひとりが言って、その言葉に生地を見つめていた一同ハッとなった。

言われてみればそれは、夕暮れの空の色だった。そうすると、このキラキラは星なのかもしれない。

「すごい……これはきっと、魔術が施されているのですね。薄紅と青のグラデーションというのも珍しくて、きっとどのご令嬢とも被ることはありません」

「青はアンネマリー様の色ですものね。だって、その首飾りだって青い宝石ですし」

お針子たちは生地を手に口々に言って、感激の声を漏らしていた。どうやら、ギュンターがアンネマリーをいかに愛しているかということで話が盛り上がっているらしい。

「アンネマリー様は、青色がお好きなのですか？」

「ええっと……そういうわけではないのだけれど、殿下はよく、私の目の色を褒めてくださるのです。それで、この首飾りも生地も贈ってくださったのだと思います」

お針子のひとりの質問に正直に答えると、そこでも彼女たちの口から歓声が上がった。

彼女たちからすれば、ギュンターの振る舞いは恋する男性そのものらしい。

嫌われてはないだろうし、子どもの頃から親しかった自覚はあるが、彼が自分に恋をしているのかはわからないため、浮かれるお針子たちに微笑み返すことしかできなかった。

それに、彼女たちが本心でこんなふうにはしゃいでいるのかはわからない。アンネマリーが王太子妃候補として現在最も有力だから、ご機嫌取りの面が大きいだろう。

「よかったわね、アンネマリー。さすがは殿下、センスがよくていらっしゃる。この生地なら、どのような形のドレスに仕立てても映えるでしょう。唯一無二という感じがしていいわね」

母がやってきて、嬉しそうに言った。彼女は先ほどまで宝石商とティアラの打ち合わせをしていた。

彼女の言葉にも政治的意味があるのだなとわかって、アンネマリーは背筋を伸ばす。

アンネマリーが色被りを避けなくても良い立場になっても、意図的に相手から被せてくることは十分に考えられるからだ。しかし、母は〝このように特別な生地なら真似《まね》できまい〟と言ったのだ。

依頼を受けてアンネマリーのドレスの情報をどこかへ流すお針子もいるかもしれないから、牽制の意味があるのだろう。

「ティアラに使う宝石の色で悩んでいたのだけれど、ドレスがこんなに素敵な色になるのなら、色味が強くないほうがいいかもしれないわね」

母はうっとりと生地を眺めながら言う。すると、離れたところにいた宝石商がすかさずやってきた。

「それならば奥様、ダイヤモンドをふんだんに使ってはいかがでしょうか？　このドレスのきらめきに釣り合い、邪魔しない色の宝石といえばダイヤモンドでしょう」

そう言って宝石商は、見本となる石を並べた小箱を見せてくる。抜かりなく高価な石を勧めてくる姿勢が気に入ったが、アンネマリーはそれよりも気になる石があったため、そちらを指差した。

「私、これがいいわ。神秘的な色をしていてきれい」

アンネマリーが指差したのは、月長石だ。半透明の結晶の中に青みがかった不思議な色を閉じ込めており、それがとても美しい。

これならば青い宝石の首飾りの色の邪魔にはならないだろうと考えたのもあるが、素直に心惹《ひ》かれたというのが大きい。

「さすがはお嬢様、お目が高い！　こちらの月長石は特に青みが強いため、一般的なものより希少価値が高いのですよ。きっと、お嬢様に身に着けていただくためにここにあったのでしょう！　素晴らしいめぐり合わせだ」

宝石商は、アンネマリーの言葉を聞いて嬉しそうに言った。その反応を見れば、アンネマリーが選んだものが彼が勧めたダイヤモンドより高価だったのがわかる。

もしかしてまずかっただろうかと不安になったが、母は穏やかな笑みを浮かべて『仕方がないわね』という顔をしていた。

「あなたって、欲がないような顔をしつつ、ちゃんといいものを選ぶ子なのよねぇ」

打ち合わせが無事に終わり、お針子たちを帰してから、母がおかしそうに言った。

出費が嵩《かさ》んだことを言っているのかと思ったが、どうやら嫌味《いやみ》ではないらしい。言葉の意図がわからず、アンネマリーは首を傾げた。

「さっきの月長石もそうだけれど、あなたは最初からギュンター殿下と親しくしていたじゃない。みんなクリスティアン殿下にしか興味がなかったのにね。思えば、先見の明があったのではないのかと思って」

「お母様、それではまるで、ギュンター様がいずれ王位を継ぐのを見越して親しくしていたみたいじゃない……違うわ。あのとき、あの方と一緒にいるほうが純粋に楽しかったの」

幼い頃の行動を野心があったかのように言われて心外に思ったが、それすらも母に笑われてしまった。

「そういうところよ。さっきの石だって、高いから素敵だと思ったわけではないでしょう？　それと同じよ。ギュンター殿下がいずれ王太子になるから親しくしていたのではない、一緒にいて楽しかったから親しくしていたと言えるその気持ちを、私は大事にしてほしいわ。そうでないと、殿下が気の毒だもの」

「お母様……」

母に言われて、アンネマリーは自分と同じ気持ちでいた人がいてほっとしていた。

誰も彼もが〝王太子となるギュンター殿下〟のことしか考えていないと思うと、どうしようもなく嫌な気持ちだったのだ。

「あなたなら、殿下に寂しい思いをさせないですむ伴侶になれるはずだわ。これから大変でしょうけれど、負けないで」

「ええ、そうね」

母が同じ気持ちでいてくれたことにほっとして、少しだけ憂鬱な気分が和らいだ。

社交界に謀略の念が渦巻いていたとしても、身内が政治的駆け引きに必死になっていたとしても、近くに同じ思いでいてくれる人が存在するのは救われる気持ちになる。

（蹴落とされないよう気を張っているのは嫌だけれど、少しでもギュンター様の慰めになれればそれでいいわ）

張り詰めていた心が少し緩んで、祝賀会に向けてどうにか気構えを立て直すことができたのだった。


祝賀会当日。

王城内には多くの貴族たちが集まっていた。

社交シーズンの始まりに相応しい、華やかな集まりになっている。

人々はお祝いの雰囲気の中にも、どこか緊張した様子だ。

王太子が隣国へ婿入りすることが発表され、第二王子が立太子を発表するのである。国の情勢が変わる節目に立ち会うのだから、緊張するのは当然のことだろう。

アンネマリーも当然落ち着かない気持ちでいたが、情勢が変わることよりも別のことに意識がいっていた。

(ギュンター様……上手に演説できるかしら?)

人々の前にクリスティアン殿下が現れたとき、アンネマリーの脳裏にはそんな不安がよぎっていた。

金茶色の髪に鳶色《とびいろ》の目をした美しい青年が、今日という日に相応しい白を基調とした礼服で現れたとき、人々の間には感嘆にも似たどよめきが起こった。

その色が、結婚を意識しているのを誰もが察したからだろう。そこに彼の喜びと覚悟を見出して、みんな感じ入ったのだ。

何より、口を開く前からそうして衆目を集める魅力がある彼に、人々はやはり王太子の風格を感じたのだろう。

幼いときからギュンター贔屓《びいき》だったアンネマリーも、クリスティアンの立派な姿には目を引かれてしまった。

「本日はお集まりいただき、ありがとう。皆様ご存じの通り、私はゾネンレヒト王国の女性陛下の王配となる。陛下とは、私がゾネンレヒトへ遊学している際に親交を深めてきた。彼女は聡明《そうめい》で思慮深く、また様々な知識に精通しており、私は多くの学びと発見を得ることができた。彼女もまた私と過ごすことに意味と価値を見出してくださり、大変名誉なことに、婚約の申し出を受けたのだ」

クリスティアンはゾネンレヒトへ婿入りすることになった経緯をわかりやすく、だが時折熱を入れながら語った。

その話しぶりを聞いていると、彼がいかに女王陛下に心酔しているのか伝わってくる。

クリスティアンと一緒にゾネンレヒトに渡っていたアンネマリーの兄から聞いた話だと、表向きはゾネンレヒトの国内情勢を鑑みての婚約打診だったのだという。現在、ゾネンレヒト国内では四大公爵家の力が拮抗《きっこう》しており、どこの家から婿をとっても力関係が崩れる恐れがあったらしい。公爵家に力は必要だが、力を持ちすぎるのも考えものだ。

だから、下手に国内の貴族と結びつくよりも友好国であるリオン王国からクリスティアンを婿にもらうほうがいいと判断されたのだという。

しかし、実際のところは女王陛下がクリスティアンに心底惚《ほ》れ込《こ》んでおり、彼もまた女王に強く惹かれていたため、当人たちたっての希望で婚約が成立したというのが兄の話だ。

兄は実家に知らせるよりも先に国王陛下に報告をしていたため、陛下は前々からギュンターに戻ってくるよう手紙を出していたとのことである。すべて本決まりになるまで実家には何も言ってこなかったあたり、兄が陛下から信頼を寄せられる理由がわかるというものだ。

クリスティアンの熱い挨拶が終わると、次はギュンターの番だ。

アンネマリーは祈るような気持ちで、ギュッと拳を握りしめた。

子どもの頃、二人きりでいるときは饒舌《じょうぜつ》な彼が、ほかの子どもたちを前にするとうまくしゃべれなかったのを思い出す。彼は怖がりで繊細だった。だから、子どもたちのあからさまな視線が恐ろしかったのだと思う。

兄であるクリスティアンと比べられる不躾《ぶしつけ》な視線が。あきらかにみんなが自分に対して興味がないという、疎外感が。

今は当時とは置かれている状況が異なるが、それでもアンネマリーは心配になってしまうのだ。

拍手に送り出されクリスティアンが去ると、ギュンターが前へ進み出た。

彼は今夜も、黒を基調とした生地に金の飾りが美しい礼服を身に纏っている。黒髪に琥珀色の目をした自身の容姿の見せ方として、この色使いがよいと知っているのだろう。肩からかけたマントと相まって、魔術師然とした姿だ。

彼は壇上に上がると、手をスッと挙げた。すると、会場内の灯《あか》りが落とされる。暗闇の中どよめきが起きるが、すぐに明るくなる。無数の光の球が宙を舞い、会場の中を照らし始めたのだ。

ギュンターは壇上で指揮者のように手に持った細い棒を振っていた。その動きに合わせて光の球とともにどこからか現れた花びらが舞っていた。

人々は、目の前の光景に釘《くぎ》づけだった。ギュンターの手から生み出される魔術に夢中だ。光と花びらの魔術が霞《かす》むように消えていく頃には、人々の耳目はギュンターに惹きつけられていた。

「僕は、マギレーベンで魔術を学んできました。かの国は我が国と違い、資源に乏しく痩せた土地です。しかし、魔術を磨くことで国としての力をつけてきました。かの国では人々の生活を魔術が支え、豊かにしています。僕は、この国にも魔術を普及させることでさらに豊かに、安心して暮らせるようにしていきたいと考えています。以上です」

ギュンターの挨拶は、魔術で人々を魅了した時間の半分にも満たなかった。

だが、その簡潔な言葉の中にも彼の熱意と覚悟が感じられ、人々の胸を打つのをアンネマリーは感じていた。

沸き起こる拍手がクリスティアンのときに引けを取らないのが、その証拠だ。

アンネマリーも、感激して大きく何度も拍手をした。

堂々と人前に立ち、怖気《おじけ》づくことなく挨拶する彼を見て、嬉しくてたまらなかったのだ。

不躾な視線に怯《おび》えていた繊細な王子の姿は、もうそこにはない。

(すごいわ……もう誰もきっと、ギュンター様に期待しないなんてことはない。今、みんな彼にこの国を任せてもいいと思ったはずだわ)

拍手をしながら、アンネマリーは誇らしい気持ちになっていた。胸がいっぱいになって、思わず涙が溢れそうになったほどだ。

だが、人前で泣くのは恥ずかしいし、何よりせっかくの化粧が落ちてしまう。

呼吸を整えることでどうにか涙を抑え、壇上のギュンターを見つめ続けた。

「あ……」

壇上から彼が下りてきて、アンネマリーはそちらへ行こうとした。

だが、それより先に彼に駆け寄る人の姿が見えて、動きを止めた。

それは、ドロテアおよびシュレーゲル公爵夫妻だった。彼らはにこやかにギュンターに声をかけ、先ほどの魔術と挨拶を讃《たた》えている。

押しの強い彼らに囲まれて大丈夫かと心配したが、ギュンターは顔色を変えず応対している。しかし、不意打ちだったためか、少しだけ動揺しているような雰囲気もあった。

アンネマリーはそれよりも、ドロテアの服装が気になった。

（あれは……ギュンター様の服装に似せているのよね？）

ドロテアのドレスは、黒を基調としていた。そして、金糸の縫取りが施されている。

彼女だけを見たときは垢抜《あかぬ》けして落ち着いたドレスを身に着けているとしか思わないだろう。

だが、ギュンターのそばに並ぶと、まるでお揃いであつらえたように見える。当然、狙ってのことだろう。

アンネマリーは自身のドレスに視線をやって、悔しいのとも違う複雑な思いになった。

今夜のドレスは、ギュンターが贈ってくれた生地で仕立てたものだ。生地の色味や加工が独特なため、意匠自体は簡素にしてみた。

それでもやはり、ひと目で特別なものだとわかる仕上がりで気に入っていた。

それに彼から贈られた青薔薇の首飾りと青みが強い月長石のティアラを飾ったアンネマリーは、今夜の会場の中でかなり目立っていた。

今最も王太子妃に近い者として、周囲に見劣りする格好はできなかったから、会場を見回して満足していた。

色被りの令嬢もいなかったため、内心ほっとしていたというのに、まさかドロテアがアンネマリーではなくギュンターの装いに寄せてくるのは予想外だった。

黒に金という一見するときつく見える色合いでありながら、愛らしく華やかなドロテアがそれを纏うと、独特の魅力があった。

何より、ギュンターとお揃いに見える。

何も知らない人が見たら、二人が示し合わせて今夜の服装を決めたと思うかもしれない。

そんなことを考えると、アンネマリーの心はざわついて仕方がなかった。

周囲の人が、彼とドロテアがお似合いだと思うのではないかと、気が気ではなかった。

そんなことを考えるのはアンネマリー自身がそう感じてしまっているからなのだが、本人にその自覚はない。

自覚はないまま、ただ二人を切なく見つめるしかできなかった。

だが、その視線に気づいたのか、伏し目がちにドロテアの会話を聞いていたギュンターが、パッと顔を上げた。

その瞬間、誰の目にもあきらかな笑顔が浮かぶ。

それを見てアンネマリーは、子どもの頃、ほかの子たちと楽しくなさそうに会話をしていたときにアンネマリーを見つけて、心の底からほっとしたというように浮かべた顔を思い出した。

足早にそばまで来た彼は、嬉しそうにそう訪ねた。呼び方まで、子どものときに戻ってしまっている。

「アン、見ていてくれた？」

その彼の笑顔と呼びかけに、アンネマリーも嬉しくなった。彼の一番の遊び友達だと認定されていると感じたときと、同じ喜びだとアンネマリー自身は思った。

「ええ、もちろん見ておりました。美しくて、夢があって……子どものとき、初めてギュンター様に魔術を見せていただいたときの感激を思い出しました」

「やっぱりわかってくれたんだ！　あれは子どものとき、アンが喜んでくれた魔術を意識した演出なんだ。君はきれいなものが好きだから。本当はもっと派手なものにしようかと考えたんだけれど、君が喜んでくれるものがいいなって思って」

先ほどまでの威厳ある態度と違い、ギュンターは少年じみている。興奮してまくしたてるように話すのも昔の癖で、彼が立派になっても変わらず魔術に夢中なのがわかって微笑ましい。

「僕が贈った布でドレスを仕立ててくれたんだね。よく似合っているよ」

「ありがとうございます。おかげさまで、素敵なものになりました」

ギュンターが自分を見つめる視線から、このドレスが自身によく似合っているのがわかって、アンネマリーは萎《しぼ》みかけた自信を即座に取り戻した。贈り主に似合っていると言ってもらえるのが、やはり一番嬉しい。

「そうだ。実は僕の服にも君のドレスの生地にも、同じ魔術がかけられているんだ」

「え？」

「ほら！」

ギュンターが木の棒を懐から取り出してそれを振ると、彼の礼服が黒から夜空のような濃紺に変わっていた。見ると、アンネマリーのドレスもである。

もともと施されていた星の瞬《まばた》きのようなキラキラはそのままに、さらに輝きを増している。

周囲でアンネマリーとギュンターを見守っていた人たちの口から、思わずといった感じで「おぉ……」という感嘆の声が漏れた。

彼はアンネマリーにだけ聞こえるほどの声で、「実はお揃いだったんだ」と言った。

いたずらが成功したみたいな無邪気な笑顔に、アンネマリーも笑顔で返す。先ほどまでドロテアのドレスのことを気にして拗《す》ねた気持ちになっていたというのに、今はもうそんなことは頭にない。

「きれい……最初のドレスも素敵だったのですが、今のほうがもっと好きです」

「アンの銀髪と僕の黒髪に合うよね、この色。本当は、もっと青みが強いほうがいいと思ったんだけれど、それだと僕が着こなせる気がしなくて。でも、青い色の石を身に着けているのはいいいな」

「似合うと思います。それなら、私はどこかに金色を取り入れようかしら」

彼の言葉から、二人だけの特別な装いなのだという気持ちが大きくなって、アンネマリーは何だか胸がドキドキするのを感じていた。

だが、ヒヤッとするような鋭い視線を感じて、思わず笑顔が消える。

（ドロテア様たちの視線だわ……怖い）

見ていたのはやはり、ドロテアたちだった。

周囲がみんなギュンターの魔術によって二人の装いがお揃いになったのに対して好意的な反応を示している中、ドロテアとその取り巻きたちは冷ややかな視線を向けてきていた。

睨《にら》まれているわけではないのだが、その視線の冷たさから、彼らに認められていないのだけは伝わってくる。

彼らは扇子で口元を覆って、何事かをこっそり言い合っていた。声は聞こえてこないのに、悪口を言われているのはわかる。

厭《いや》らしいと思うのは、ドロテアだけはその会話に参加していないことだ。取り巻きたちが何か言うのを聞きながら、こちらを見るともなしに冷たく鋭い視線を向けてきていた。

「あんなのの、どこがいいのかしら」

「なんの取り柄もないくせに」

周囲のざわめきがちょうど途切れたときだったのか、それともそれらの言葉だけ大きめの声で言ったからか、アンネマリーの耳に届いた。

それは、自身でも思っていたことだ。だから、鋭く胸に刺さった。

だが、アンネマリー以外の耳には届かなかったらしい。

周囲がざわつくこともなければ、ギュンターの顔色が変わることもなかった。

誰にも聞かれずにすんだことを、アンネマリーは安堵してしまった。

「ねぇアン。ちょっと風に当たりに行かない？　人が多いせいか少しのぼせてしまって」

「ええ、行きましょうか」

ほっとしたところでギュンターに声をかけられ、アンネマリーは頷いた。

風に当たりたいというのに同意だったし、彼女たちの視線にこれ以上晒されたくないというのも本音だった。自分ひとりで立ち去るなら逃げたみたいになるが、彼が一緒ならそうならない。

それに、ギュンターが疲れているのも本当だろうと感じていた。だから、彼の誘いに応じたのだ。

「あー……やっぱり人前で話すなんて、妙に肩が凝るな。兄上のあとで挨拶なんて、やりづらくてかなわないよ。あの人のあとだったら、誰だって霞むって」

バルコニーに出て二人きりになった途端、ギュンターは少し気の抜けた話し方になった。先ほども打ち解けた雰囲気ではあったが、今のほうがさらに寛いでいる。彼にとって、人目がないというのは大きいらしい。

「立派に挨拶できていましたよ。短い中にもギュンター様の覚悟と思いが感じられて、とても素晴らしかったです」

「長くしゃべるとボロが出るからな。魔術で惹きつけて、みんなの気持ちが高揚しているうちに真面目に話せばそれなりの聞こえ方をするだろうと思ってやったんだけど……アンが褒めてくれるならうまくできたのかな？」

ふにゃっとした雰囲気で彼が笑うのを見て、アンネマリーは可愛いと思ってしまった。子どもの頃から二歳年上の彼に対して、可愛いという感情を抱いていた。警戒心の強いネコを自分だけが手懐《てなず》けたという気分だ。彼が自分にだけ見せてくれる顔が、とても可愛いと思っていた。

「僕はさ、この国に魔術を広めたいと思う。そのためにはまずは興味を持ってもらわなくちゃいけないと思って、さっきの魔術を披露したんだ」

夜風に当たりながら、ギュンターはこの国での魔術の展望を語った。

マギレーベンがいかに魔導に長《た》けた国で、それによって国民が豊かに便利に暮らしているかを。

ここリオン王国は気候に恵まれ豊かではあるものの、これといった強みはない。そこに魔術が加わることで人々の生活がどんなふうに変わるかをギュンターは夢見ているらしい。

「魔術が発達すれば、一生歩けないと思っていた人が歩くことができるようになるかもしれない。怪我や老いでかつてのように動けなくなった人が、もう一度元気に動けるようになるかもしれない。ほかにも、今は人間がやらざるを得ない大変な仕事を魔術で補助したりだとか、馬車で何日もかかる場所へ素早く行けるようにするだとか、夢がいっぱいあるんだ」

そう語る彼の顔は活《い》き活《い》きとして、輝いて見えた。先ほど壇上で見せた取り澄ました顔よりも、今のほうがずっと人々の心を摑んだだろうにと思うが、これを見られるのは自分だけなのだと考えると嬉しくもあった。

「素敵です。私はギュンター様のおかげで魔術が好きなので、もっとたくさんの方が魔術を好きになってくれたらいいですね」

アンネマリーは心からそう言った。

今では、彼が王太子に向いていないなどとは思わない。彼は彼らしく、国を治めていくだろう。

だから、願わくば彼の隣でそれを支えたい。

「……ねえ、アン。僕、ちょっと疲れちゃった」

そう言って、ギュンターは甘えるように見つめてきた。先ほどまでとは雰囲気が変わっている。

人前で魔術を披露しているときは、凛々しい青年の顔だった。国の未来を語るときは、夢見る少年のようだった。

だが今の彼の顔に浮かぶのは、艶っぽくてドキリとさせられる表情だ。そのくせ、雄々しさを隠して甘えてくる落差が恐ろしい。

「……お部屋に戻って休まれますか？」

彼が自分に何を求めているのかわかっているが、アンネマリーはわからないふりをして言ってみた。

だが、そんなアンネマリーを見透かすみたいに彼はふっと笑う。

「ひとりで休めなんて言うの？　僕、立派な姿を見せようと張り切ったんだけど。――頑張って疲れたから、癒やしてほしいな」

腰にするりと手を回し、耳元で囁いてくる。

恥ずかしさと彼の色香によって、アンネマリーは目眩《めまい》がしそうだった。

「……わかりました」

「じゃあ、僕の部屋に行こう。しっかり摑まっていてね」

「……え？」

彼にギュッと抱きしめられたかと思うと、次の瞬間にはバルコニーからどこかの部屋に移動していた。彼が何らかの魔術を使ったのはわかったが、何をされたのかまではわからない。

「普通に部屋に戻るんじゃ、絶対誰かに捕まってただろ？　もうこれ以上挨拶回りとかそういうの、嫌だったんだ。早く二人きりになりたくて……」

いたずらっぽく笑ってから、ギュンターはアンネマリーを腕の中に閉じ込めたままじっと見つめてくる。

ほのかに灯りがともされただけの部屋の中で、彼の顔は影になっていた。そのせいで、琥珀色の瞳があやしげな光を帯びて見える。

パーティーの間、人前に立つ彼の姿を見て、その立派さに誇らしい気持ちになっていた。自分の婚約者はこんなにも素晴らしいのだと。

だから、彼がこんなふうに愛《いと》しそうに見つめてくれるのが嬉しい。彼も自分に惹かれてくれているのだろうかと思うと、言い知れぬ喜びが胸の内に湧いてくる。

だが、唇を近づけてきた彼の言葉に、チクリと胸が痛んだ。

「やっぱり魔力補給には、交わりが一番みたいだ。前に君を抱いたあと、ものすごく自分の中が満たされた気がしたんだよな」

「……っ」

唇を塞がれ、気持ちよさに声が漏れそうになったが、アンネマリーはそれをすんでのところで呑み込む。

(私を抱きたいのは、魔力補給のため……？)

初めてを散らされたあの日、ギュンターが自分を求めてくれることが嬉しかった。戸惑ったが、彼が欲してくれるのが愛かもしれないと思って受け入れたのだ。

だが、今夜の夜会で彼の立派さを目の当たりにすると、本当に自分が求められているのかわからなくなっていた。

美しい女性も可愛い女性もたくさんいる。家柄だって、侯爵家であるアンネマリーより、公爵家のほうが王太子には釣り合うだろう。

だから、これから先も自分が選ばれるのか不安だった。他に相応しい人がいるのではないかと思い始めていた。

そして、彼はなぜ自分を婚約者に選び、こんなふうに執着してくれるのだろうと不思議だった。

その謎が今解けた気がして、アンネマリーの心は冷たくなっていくようだった。

「アンの大きくて可愛い胸……頑張ってドレスの中に収まっているんだ。窮屈そうだから、今出してあげる」

ギュンターはそう言って、胸当て部分の布地を寛げた。すると、どうにか布地の奥に収まっていた豊かな膨らみがまろびでる。

ドレスは身に着けているのに胸元だけ肌があらわになっていて、恥ずかしくてアンネマリーは手で隠そうとした。だが、彼に手首を摑まれて阻止されてしまう。

「だめだよ。今からアンの可愛い胸を愛《め》でるんだから」

「ひゃっ……」

彼は柔らかさを堪能するように頬ずりすると、まずふたつの膨らみの谷間を舐めた。

感覚だけでいえばくすぐったいだけだが、そこがたっぷり汗をかいていることを思うと、恥ずかしくてたまらなくなる。

汗のにおいを嗅がれるだけでも恥ずかしいのに、舐められるだなんて耐えられない。

「だめです……ギュンターさま、汗で汚れているので、舐めないで……」

「汚れてなんかないよ。アンの体はどこもかしこもいい匂い。むしろ、こんなに可愛くていい匂いをさせてさっきまで人前にいたことが信じられないよ」

「そんなっ……あぁ……」

舐める動きを止めないどころか、彼はそんな意地悪なことを言う。はしたない姿をしていたのだろうかと心配になるが、そのうちにそんなことも考えられなくなる。

彼の舌が、胸の頂に伸びてきたのだ。

舌先で突くように舐めたかと思うと、彼はそれを口に含んでチュッと音がするほど吸い上げる。そうされると、まるで電撃が走るように甘い快感が体を突き抜けた。

「敏感な胸だね……たくさん可愛がってあげたくなる」

「あっ、あぁっ……」

アンネマリーの手首から手を離すと、彼は今度は両手で胸を下からすくいあげるように揉みしだいた。やわやわと指先に力を入れられ、時折指で頂を弄られながら舐められ、その気持ちよさにアンネマリーは身悶《みもだ》える。

心の準備はちっともできていないのに、体はどんどん快感を覚えてしまっている。その事実が、またアンネマリーを苦しめる。

「こちらのほうの具合はどうかな」

「やっ……ギュンター様、なにを……？」

ドレスの裾をたくし上げられ、太ももに触れられた。彼の指は、下着の裾から奥へと進む。

「なにって……ここが濡れているのか確認しているんだよ」

「あっ……」

彼の指が、するりと秘裂をなぞった。すると、そこがもうすでに濡れてしまっているのがわかる。

初めてのときは、胸にも秘処にも媚薬を塗られていたから、感じてしまったのは仕方がない。だが今は、何も塗られていないのだ。

つまり、純粋に彼の愛撫に体が反応してしまったということである。

それが恥ずかしくて、アンネマリーはどうにかなってしまいそうな気分だった。

「えらいなぁ。アンは気持ちよくなることをもうちゃんと覚えたんだね。濡れているよ」

「ん……あぁっ……」

彼の指はくち、ちゅぷ……とわざと音を立てるように蜜口を撫でていたが、やがてゆっくりと中へと侵入してくる。濡れているとはいえ、まだそこは狭い。それを拡《ひろ》げるようにゆっくりと円を描くように指を動かされると、またさらに蜜が奥から溢れてくるのがわかった。

「君の好きなところ、触ってあげるからね」

「……んぅぅぅっ……！」

二本に増やされた指で、蜜壺の腹側にある部分をぐっと押された。初めてのときにわかってしまったことだが、アンネマリーはそこを押しながら揺らすように手を動かされるのがたまらないのだ。

ジリジリとした強烈な快感が、瞬く間に全身をかけ巡っていく。感じすぎて、お尻や腰のあたりの産毛まで逆立つようだ。

その刺激に、さらに花芽を捏ねる動きが加わり、快楽の大波が押し寄せてきた。それから逃れるために精一杯背伸びをして、爪先立ちになって受け流そうとするも、その体勢は蜜壺を締めつけてしまって、あっけなくアンネマリーは果てた。

「……ぁうっんっ……！」

「あ、指が……食い千切られそうだ……」

ビクンと体を跳ねさせながら、彼の指を食い締めてしまう。肉襞を絡みつかせて、彼の指を奥へと招こうとする。

「はぁ……可愛いな。力が抜けちゃったね。そろそろ、君の中に入ろうかな」

快楽の波が落ち着くと、体が弛緩《しかん》してふらりとした。その体を支えてくれながら、ギュンターが耳元で囁く。

「こっちに来て、ここに手をついてごらん」

彼はアンネマリーの手を引くと、机のそばまで連れてくる。

訳がわからないまま、彼に言われるがままに動いた。

「僕に背を向けて、机に手をついて。そう……もっとお尻を突き出して」

「え……そんな……」

何をさせられるのかわかって、抵抗したくなった。だが、先ほど彼に高められた部分が疼いて、結局は言われたとおりにしてしまう。

アンネマリーは、美しく着飾ったまま胸元をはだけ、ギュンターに向けて尻を高く突き出す格好をしている。

　自分が今、どれほど淫らではしたない格好をしているのかと思うと、恥ずかしさのあまり目が潤んだ。頬も、熱くなっている。

「本当は寝台に運んで、そこで君を生まれたままの姿にして一晩中愛でていたいんだけれど、とりあえず今夜は君を帰さなくてはいけないからな。ゆっくり時間をかけてあげられなくてごめん」

「ふ、んん……」

　背後に立った彼に、ドレスの裾をめくり上げられた。それから、ドロワーズを下ろされる。

　ギュンターの眼前には、真っ白な双丘が晒されている。彼はその丸みをそっと撫でてから、柔らかい肉を摑んで左右に開かせた。

「あっ……」

　濡れた蜜口に、硬いものが押し寄せられる。背後で起きていることは見えなくても、それが彼のものだとわかった。

　彼は先端で秘裂を上から下へとなぞる。そうすると、蜜口と花芽が交互にくすぐられ、気持ちよさにアンネマリーは震えた。

　見えない分、音と感触に敏感になってしまう。だから、彼が先端を秘裂に押しつけることで生み出される淫靡な音に、期待を高まらせてしまっていた。

「アン、お尻が揺れてるよ。僕のが欲しい？」

「え？」

「無意識なのか。いいね。そうやってどんどん欲望に素直になって。僕の前では何も隠してはだめだ」

「はぁぁんっ！」

先端でぐりっと花芽を押され、たまらず声が漏れた。

お尻を振ってねだっていたのは無意識だったが、もう彼のものが欲しくてたまらないのは間違いない。

体は、彼に抱かれるのに向けて完全に準備を始めている。

「焦らしたい。もっとアンにおねだりさせたい。君の恥ずかしくて可愛い姿をたくさん見たい。でも……もう我慢できないんだ」

「んっ……あぁっ」

ギュンターはアンネマリーの細い腰を掴むと、その間に自身を突き挿れた。

とろとろにとけて蜜をこぼすそこは、締めつけながらも彼のものを受け入れていく。

濡れた襞をかき分けて進む剛直の感触に、背筋にゾクゾクとしたものが走るのを感じた。

落ち着かないのに、これは間違いなく快感なのだ。

「あっ、そこ……あぁっ……」

奥へ奥へと挿れられるだけでも気持ちがいいのに、彼が腰を前後に振って抜き挿しするから、好いところが擦られてアンネマリーはたまらなくなった。

腰を引くときに剛直のくびれたところが好い場所をかき出すように擦り上げ、再び奥を穿《うが》たれ、そしてまたかき出されるのを繰り返すうちに、快楽の波が押し寄せてくるのを感じていた。

高まりすぎて、彼のものを咥《くわ》え込んだ場所はひたすらに蜜を溢れさせていた。溢れすぎて、太ももにも滴るほどに。

「あぁ……アン、かわいいな……もっと気持ちよくなってごらん」

ギュンターの指が、花芽へと伸ばされた。アンネマリーを絶頂へと押し上げるために、腰を振りながら花芽に執拗《しつよう》に刺激を与える。

「あ、や、ぁんっ……だめっ……あぁぁぁ、んんっ……！」

彼の指と剛直に導かれて、アンネマリーは達した。極めたことで肉襞をさらに蠢かせ、彼のものを締めつける。

彼も気持ちよくなっているのだろう。背後で熱い吐息をこぼしている。

彼も快楽の頂に向けて、腰の動きを速め始めた。

「アン、イくよ。たくさん出すから、全部受け止めて――！」

「ぁ、だめ……んぁっ、あぁんっ、……ッ！」

彼がひと際大きく腰を振り、深々と奥まで先端をねじ込んだ瞬間、アンネマリーは再び達した。

先ほどのものとは比べものにならないほどの、大きな絶頂だ。真っ白な光が瞼《まぶた》の裏で弾けて、チカチカと瞬くようだ。

彼のものを締めつけた肉襞は、絡みつき、収縮を繰り返していた。ぶるり……と震えた剛直の先端から熱い飛沫《しぶき》が溢れ出すのを、切なく締めつけて受け止めていた。

「すごい……アンの子宮が、僕の精を欲しがっている……そんな可愛いことするなら、一滴残らず一番奥に擦り込んであげるからね」

「やっ、だめぇ……動いちゃ……ぁあ……」

達したばかりで敏感になっているのに、ギュンターに執拗に最奥に先端を押しつけられ、アンネマリーは蜜壺をわななかせた。奥に先端を押しつけたままで揺さぶるような動きをされると、あまりに気持ちよくて腰から崩れ落ちそうになる。

「ああ、本当に可愛い……早く君との子どもを作りたいな。僕と君との子だよ？　きっと可愛くて優秀に決まっている」

後ろから抱きしめてきた彼が、耳元で囁いた。

そんなふうにかすれた声で囁かれると、アンネマリーの体は疼いてしまう。

だが、心はざわめいていた。

「君の青い目はね、豊富な魔力量の現れなんだよ。こんなに深くて美しい青い瞳、なかなか見ない。それは君が稀有《けう》な存在だっていう証だよ。ああ……君に似た青い目の子が、僕の資質を受け継いでくれたらいいな」

うっとりと、夢見るように彼は言う。そして、孕《はら》んでいてくれと願うようにドレスの上からアンネマリーの平らな下腹部を撫でていた。

それは、嘘《うそ》偽りのない彼の本心なのだろう。婚約者として、将来子どもを持ちたいと望まれるのは当然のことだし、誇らしいことでもある。

だが、心は悲しいほどに冷えていく。

（ギュンター様は、もしかしたら私の魔力が目当てで婚約を申し込んだのかしら……）

なぜ自分を選んだのだろうかと疑問に思っていた答えがようやくわかった気がして、アンネマリーは胸が苦しくなって涙ぐんだ。

だが、後ろから抱きしめられているから彼にはその涙を気づかれることはなかった。

第三章

帰りの馬車の中、アンネマリーは憂鬱な気持ちでいた。

情事のあと、ギュンターは「朝まで離したくないな」と言いつつ、アンネマリーの衣服を整え、馬車まで連れてきてくれた。そして、リーベルト家の馬車ではなく、紋章はついていないものの王家の馬車に乗せてくれたのだ。

最大限、婚約者として配慮してもらったとは思う。

だが、彼が自分の青い目に、魔力の多さに惹かれているとわかって心が沈んでいた。

おそらく、これまで自惚《うぬぼ》れていたのだ。人見知りで繊細なギュンターにとって、自分だけが理解者だろうと。彼にとって気を許せる人間だから婚約者に選ばれたのだろうと。

それなのに実際は、アンネマリーがたまたま持って生まれた資質が彼の役に立つからという、ただそれだけの理由で選ばれたのかもしれない。そう思うと、心を虚《むな》しさが支配していた。

「おかえりなさい、アンネマリー」

馬車を降りて玄関から屋敷に入ると、階段を上ろうとしていた母と出くわした。まだ夜会用のドレスを着たままなのを見ると、母も帰ってきて間もない様子だ。

「お母様……ただいま帰りました」

「お父様たちはまだよ」

ギュンターと会場から消えたままだったから、何となく父や兄と顔を合わせるのは気まずいなと思っていた。どうやらそれを察したらしく、母は安心させるように笑った。

「部屋に戻る前に、お茶でも飲まない？　書斎にでも運ばせるわ」

「えっと……」

「そのまま眠るつもり？　ひどい顔をしているわよ」

「……じゃあ、ご一緒するわ」

本当はすぐにでも部屋に戻って休みたかったのだが、よほどアンネマリーが見過ごせない様子だったのだろう。有無を言わせぬ様子で言われたのだ。

だからアンネマリーは促されるまま、書斎に向かった。

ちょっとした来客を通したり、日頃読書をしたりするための、廊下の一角にある書斎の区画は、座り心地のいい長椅子があって落ち着く場所だ。アンネマリーもよく、部屋で本を読む気にならないときは、ここで読んでいる。

仕事を増やして申し訳ないと思いつつも、母の侍女が素早くお茶を運んできてくれた。

「それで、そんなひどい顔をして一体何があったというの？　祝賀会はうまくいって、ギュンター殿下も嬉しそうにあなたのところへ行っていたじゃないの。二人の関係が揺るぎないものだと、周囲に印象づけることができたと思うのだけれど」

侍女が去ってすぐ、母は慰めるような口調で言った。言われたことは事実で、ギュンターの立太子へ向けての売り込みも、アンネマリーが彼の婚約者であると改めて訴えることにも、成功したといえるだろう。

アンネマリーの内心以外で、困ったことなど起きてはいない。

「あのあと、ギュンター殿下とこっそり会場を抜け出したでしょ？　そのあとに、何かあったの？　まさか、喧嘩《けんか》でもした？」

話し出さないアンネマリーに痺れを切らして、母は何があったのかを推測しようとした。

あえて言葉に出すほど決定的な出来事があったわけではないから、アンネマリーも何を話すべきなのか悩んだ。

「シュレーゲル公爵家のドロテア嬢の取り巻きに『あんなののどこがいいのかしら』とか『なんの取り柄もないくせに』と言われてしまって……」

今日あった嫌なことといえばこれだろうかと口にして見たが、それは自分で言ってみても嫌な言葉だった。おそらく、自身でも思っているからだろう。だが、それを聞いて母は呆れたように小さく鼻で笑った。

「あなた、そんな言葉にいちいち傷ついてあげるなんて親切ね。そんなの雑音じゃないの。勝っている人間なら絶対に口にしない言葉よ」

「……確かに、そうですね」

「その取り巻きたちはシュレーゲル家に媚びてるつもりなのでしょうけれど、そんなふうなことをわざわざ言うなんて『こちらの陣営は今、不利です』『負けています』と喧伝するようなものなのに……もしかしてわざとなのかしら?」

母は嫌味でもなく本当におかしかったらしく、ひとしきり声を立てて笑っていた。そんなふうに笑われると、心に棘《とげ》のように刺さっていたものが、少し小さくなる気がした。

「まあ、今後もそういった波風は立ち続けるものと考えなさい。それこそ、妃の座についてからもね」

「ええ、心得ております」

ギュンターの隣に立とうとする限り、自分の世界が凪《な》ぐことなどないのだろうなとアンネマリーは理解していた。

「だったらなぜ、そんなに浮かない顔をしているの？　殿下のご寵愛を受けているだけでは足りないの？」

母は困ったように、気遣うように尋ねてきた。

母の目にはきっと、婚約者に愛されているのに満足できていないように見えるだろう。

彼に愛されているのなら、アンネマリーもこのような気持ちにならなかったに違いない。

だがきっと、そんなことを思うことすらわがままなのだ。

「……私、自惚れていたのです。ギュンター様はきっと、子どもの頃から私のことを一番の仲良しだと思ってくださっているのだと。だから、婚約者にも指名されたのだろうと。でも、実際は違っていました。私のこの青い目は豊富な魔力の表れで……魔術を使うギュンター様には魔力が不可欠なので、私を欲してらっしゃるのです」

話すうちに、またチクチクと胸が痛み始めた。

ドロテアの取り巻きたちに言われた言葉に傷ついたのは、自身の根底に自信のなさがあったからだ。

ギュンターの婚約者であることを誇りに思うと同時に、なぜ自分が選ばれたのだろうかと疑問もあった。だから、彼女たちの言葉に傷ついた。

そして、いざ理由がわかってもそれが彼とのこれまでのつながりに全く関係がなかったから、勝手に傷ついているのだ。

「そうやって傷つくということは、あなたは殿下のことが好きなのね。恋をしているのだわ。だから、殿下にも同じ思いを返してほしかった」

「え……」

「政略結婚だと割り切っていたら、傷つかないわよ。あなたは貴族の令嬢が家にとっての駒だと理解しているのに、殿下に恋をしてしまったからつらいのね」

母に指摘され、アンネマリーはハッとして自分の胸に手を当ててみた。

これまで気づかずにいたが、恋なのだと言われればしっくりくる。

親愛の情だとばかり思っていたこの感情は、いつしか恋に変わっていたのだ。

「……過ぎた感情ですね。貴族には一番不要な感情だわ」

「私はそうは思わないわ。その恋心を捨てる必要なんてない。むしろ、手放さないでいるために、あなたはもっと足掻《あが》くべきよ」

貴族の令嬢としての自覚が足りなかったと恥じる娘に、母は優しい笑みを浮かべて言う。

「婚約者でいられなくなれば、妃になれなければ、想《おも》うことすら許されなくなるのよ？利用価値を見出されて求められているなら結構じゃないの。思う存分、殿下に利用してもらいなさい。そして、さらに利用価値があると思ってもらえるように努力なさい。――将来王妃になる者として、磨かなければいけない能力はたくさんあるはずよ？」

母の言葉に、アンネマリーは背筋が伸びた。彼女の言葉は優しくもあり、厳しい。

婚約者の立場があるから悩めるだけで、もしその立場を追われるようなことになれば、彼への恋心で悩むことすらできなくなる。

自分以外の誰かが彼の隣に立つだなんて、考えるだけで嫌だ。

彼が好きだから、彼を支えたいと思うから、そのためにアンネマリーは努力しなくてはいけないのだ。

「……そうですね。彼の妻に相応しくあれるよう、私はできることをします」

悲しい気持ちは霧散して、そう力強く宣言していた。


王妃として必要になるのは、人脈と社交の能力だろう。

それに、今後のことを考えれば誰が〝こちら側〟なのか見定めておくべきだ。

そう考えたアンネマリーは、お茶会を開くことにした。

誰を呼び、誰を呼ばないかということから、お茶会の采配は問われてくる。

まだ二十歳のアンネマリーはひとりでそこの見極めはできなかったから、母に手伝ってもらうことにした。

父や兄たちに政治があるように、女であるアンネマリーたちにも政治がある。

王妃となるアンネマリー、および実家であるリーベルト家の力が弱いと、ゆくゆくは夫であるギュンターにも、生まれてくる子どもたちにも迷惑をかけてしまうことになる。

だから、アンネマリーは女の社交場であるお茶会で人脈という力をつけておかなければならない。

ギュンターは帰国してすぐということもあり、いろいろと忙しそうだ。だが、折りにふれて手紙をくれ、マギレーベンで手に入れたという珍しい品々を届けさせてくれた。

今回のお茶会は、それらのものを披露するという名目で開かれる。

単純に、近隣国の珍しい品々を見たがる人もいるだろうというのも理由だが、周囲への牽制も当然ある。

アンネマリーが婚約者として、これだけの品をギュンター殿下から賜《たまわ》ることができたのだという主張だ。

アンネマリー側についてくれる人たちには安心材料になるだろうし、どちらにつこうか判断に迷っている人たちにとっては、こちらにつく後押しになるかもしれない。

「お兄様がゾネンレヒトからお土産をたくさん持ってきてくれていてよかったわ」

応接室でセッティングの最後の確認をしながら、アンネマリーはしみじみと言った。

兄がクリスティアン殿下とともにゾネンレヒトに遊学していたのは周知の事実だが、かの国の珍しいお菓子などを振る舞うことで、リーベルト家はクリスティアン殿下とも親交があることを改めて示すことができるというわけだ。

「かなり効力があると思うわ。考えたら、あなたもきちんと作戦を練られるじゃないの」

座席表を確認してくれていた母に褒められて、アンネマリーはほっとする。

どれだけギュンターに価値を見出してもらっていても、婦人たちとのやりとりで無能であれば妃に相応しくない。

そう思われるのだけは避けねばならないと、これまでのお茶会と比べてかなり気合いが入っていた。

室内の飾りつけはきちんとできているし、今日のためにとびきりの茶葉を用意した。

あとは集まった人たちと会話を楽しめたら、今回のお茶会は成功といえるだろう。

来客が到着するまでの間、アンネマリーは母とともに念入りに確認をし、昼過ぎになってお茶会の本番を迎えた。

まず最初に兄がゾネンレヒトから持ち帰ったお菓子を振る舞い、物珍しさから会話に花が咲いた。

事前に来客の中に何人かゾネンレヒトにゆかりのあるご令嬢がいることを確認していたため、彼女たちに話を振ることでより一層盛り上げることができた。

このときのそれぞれの令嬢の反応から、クリスティアンがゾネンレヒトの女王の王配になることについてどのような意見を持っているのか伝わってきた。

やはり、諸手《もろて》をあげて賛成という人ばかりではないだろう。

だが、ゾネンレヒトとの繋がりが深くなることのメリットもさりげなく会話の中に織り交ぜることができたため、果たすべき役割のひとつは達成できたという手応えがあった。

「アンネマリー様、早くマギレーベンの品物が見たいです！」

お菓子の話に始まり、ゾネンレヒトの文化や流行で盛り上がってしまっていたところ、ひとりの令嬢がそわそわした様子で言った。

すると、ほかの令嬢たちも顔を見合わせて頷く。

「そうでしたわね。今持って来させますわ」

今日のお茶会の一番の目玉は、やはり魔術大国マギレーベンから持ち帰られた品々だ。

アンネマリーはすぐに合図を出し、控えていた従僕たちに運んでこさせる。

「いくつかお渡しするので、近くの席の方とご覧になって、隣の席の方にまたお渡ししてくださいね」

そう声をかけ、小さな道具を回していく。

「そちらのガラス製のものは、小さなランプなのです。底の部分を指先で軽く叩《たた》いてみてくださる？　そうすると、灯りがともるのです。夜光石という石を使った魔術じかけのランプなのですが、魔術師でなくても使えるのですって」

小さな卵型のランプを手にしていた令嬢たちに、アンネマリーはそう解説した。言われたとおり彼女たちがランプを叩くと、淡く灯りがともった。

「そちらの手鏡は対になっていて、手鏡を持った者同士は近い距離であればお話ができるのですって」

離れた席にいる令嬢たち二人のそれぞれの手に手鏡があるのを確認して、アンネマリーは使い方を教えた。自分の姿ではなく対となる相手の姿が映っているのを見て、感激の声が上がる。

他にも、挿絵が動く本や音楽を閉じ込めて流す小箱、使う人によって微妙に色味を変えるインク、小さな水槽の中を作り物の魚が泳ぐオモチャなど、ささやかでありながら物珍しく目を楽しませてくれる品々をみんなで共有した。

魔術を使える人が不在のため、魔術なしでも動かせるものしかお披露目《ひろめ》しなかったが、それでも十分に関心を持ってもらえたようでよかった。

ギュンターは、この国を魔術でさらに豊かにしたいと言っていた。だからアンネマリーは、この国の人たちに魔術を好きになってもらう必要があると感じていた。

「そういえば、ドロテア嬢はギュンター殿下からマギレーベンの珍しい植物をいただいたそうですよ。ご存知でしたか?」

みんながワイワイ楽しそうに話しているときに、ふとひとりの令嬢が言った。

今回、お茶会の顔ぶれの中に入れるかどうかを最後まで悩んだ人物だ。

彼女はリーベルト家と同じ侯爵家のヘルマ嬢だ。

彼女は実家こそ侯爵家だが、母が公爵家の出身のため、一時は王城へ行儀見習いにのぼっていたこともある。

だから、彼女の立ち位置を測りかねたために最後まで悩んだのだが、招待状を出して応じてくれたから、ひとまずはこちら側なのかと思っていた。

しかし、彼女の言葉は受け取りようによっては不穏だ。ここで返答に失敗すると格好がつかなくなると考え、アンネマリーは寸の間悩んだ。

「まあ、そうだったのですか。存じませんでした。それでは、ドロテア様もじきにその植物を皆様にお披露目なさるのかしら?」

知らないことを隠すことなく、かといって重く受け止めることなく返した。

本音を言えば、ギュンターがドロテアに何か贈り物をしていたなんて嫌な気分だ。ヤキモチもあるし、彼女の立場が有利になるのが嫌だというのもある。

だが、そんな感情を今ここで気取られればアンネマリーの負けだ。ヘルマの意図はわからないが、ここで評判を落とすようなことはしたくない。

「もうお茶会でお披露目なさったようですよ。わたくしはマギレーベンで使われる道具に興味がありましたから、こちらのお茶会に参加して正解だったと感じておりますけれど」

「そうだったのですか。楽しんでいただけたのならよかったです」

ヘルマはまたさりげなく、重要な情報をもたらしてくれた。

今日、お茶会の招待状を出したのに欠席の人が何人もいたのだ。誘えばきっとこちらに来てくれると踏んでいた人たちだっただけに意外だったのだが、ドロテアが今日のお茶会に自分の集まりをぶつけてきたのなら納得がいく。

ヘルマがもたらしてくれた情報により、今ここに集まってくれているご令嬢たちへのありがたみがさらに増した。彼女たちのうち何人かは、ドロテアからの誘いを断ってこちらに顔を出してくれているのだ。

背筋がヒヤリとしたが、今のやりとりでヘルマも敵ではないと判断した。もしアンネマリーに対して悪意があるなら、ドロテアの情報は伏せていたほうがよかったはずだ。

それをあえて教えてくれたのは、アンネマリーを試す意味もあったのだろうが、ひとまず合格とみなされたらしい。

そう思ったのも束《つか》の間《ま》、ヘルマは今度ははっきりと、衝撃的な言葉を放った。

「後宮を作るお噂《うわさ》があるので、どちらに顔を出すのか悩まれた方は多いでしょうね」

ヘルマは何でもないことを話すように、特に表情を変えずに言った。

予想もしていなかったことを言われて、アンネマリーは動揺した。だが、ここで狼狽《ろうばい》したところを見せるのは絶対に避けねばならないと、こっそり呼吸を整えて表情を作った。

「ヘルマ様は耳が早いのね。様々なことをご存知で驚いてしまいます」

〝知らない〟とも〝知っている〟ともどちらとも取れるように、アンネマリーは必死に言葉を選んだ。すると、ヘルマは先ほどまでいっそ無表情と呼ぶに相応しい顔をしていたというのに、わかりやすく微笑んだ。

「くだらない話がよく耳に入ってくるというだけで、何もすごいことではありません。そのような噂話《うわさばなし》を聞くよりも、今日はここでみなさんと近隣国についての知識を深められたことのほうが有意義だと感じております」

彼女の言葉を聞いて、噂の出処《でどころ》がドロテアだとわかった。そして、日頃から彼女に対してドロテアが接触を試みていることも。

傍目《はため》にはにこやかに会話をしているようにしか見えないだろうが、この短い会話の中でかなりの心理戦が行われた。

アンネマリーは玄関先まで来客を見送る頃には内心ひどく疲れ果ててしまっていた。

「本日は来てくださって本当にありがとうございました」

ヘルマを見送るとき、アンネマリーは改めてお礼を言った。彼女のおかげで、今回のお茶会は予想を超えて有意義なものになった。

それに対する感謝を素直に伝えただけなのだが、ヘルマも何だか嬉しそうにしていた。

「わたくしもかねてよりアンネマリー嬢と親しくしたいと思っていたのですよ。……よろしければ今度また、もっと詳しくゾネンレヒトのお話を聞かせてくださいな。ぜひ、あなたのお兄様も交えて」

「え……ええ、ぜひ！」

にこやかに去っていく彼女の背中を見送って、アンネマリーはお茶会最中とは別の意味でドキドキしていた。

ヘルマがどういった意図を持ってこちらのお茶会に参加してくれたのか、どうしてヒントを与えるように情報を提示していたのか、わかりかねていたのに。

先ほどの彼女の言葉で、理解できてしまった。

（ヘルマ様、私の義姉《あね》になるおつもりなのね……！）

彼女が自分の兄に関心があると仮定すると、彼女の行動に説明がつく。

こちらのお茶会に参加したのも、ドロテアの動向を知らせてくれたのも、自分がアンネマリーに対して害意はなく、リーベルト家に対して有益な存在なのだと伝えるためだ。

彼女ほどの存在がなぜアンネマリーの兄を狙うのだろうというのは疑問だったが、少し考えればわかった。

クリスティアン殿下に選ばれることがなくなった今、国内の未婚男性の中でアンネマリーの兄は有力株だ。しかも、アンネマリーが無事に王太子妃になれば、兄嫁は王太子妃と義理の姉妹ということになる。

ヘルマはアンネマリーをギュンターと無事に添わせることで、自分の嫁ぎ先候補をさらに発展させようという目論見《もくろみ》なのだろう。

アンネマリーとしても、彼女ほど頭が切れる女性を身内に引き込めたら心強い。

これはすぐに彼女を兄に強く推薦せねばと、使命感に燃えた。

だからその夜、夕食の席で早速兄に話を切り出した。

「お兄様のおかげで、今日のお茶会はとても盛り上がりましたよ。ゾネンレヒトのお菓子は大変美味しかったですから」

「そうだろう。ゾネンレヒトは我が国よりも洗練されて洒落《しゃれ》たものを作るから、流行に敏感な若い女性たちは喜ぶだろう。日持ちがしないから持ち帰ることができなかった菓子も多くある。どうにか食べさせてやりたいな」

妹に素直に感謝され、兄はまんざらでもなさそうだった。褒められると素直に喜ぶのは父似だ。歳を取ってからお調子者なところが出てくる心配があるから、やはりこういう兄にヘルマのような女性が妻になってくれるといいのにと思ってしまう。

「みなさん、ゾネンレヒトに大変興味をお持ちでしたよ。特にカペルマン侯爵家のヘルマ様が、ぜひお兄様から直接お話を聞きたいと言ってらしたわ」

「ヘルマ嬢か。久しく会っていないな。彼女が行儀見習いのために王城にいた頃は、よく話をしたものだが」

彼女の名前を出すと、既知の仲らしく好感触だった。知り合いなら話は早い。なるべく早く彼女をこちらの陣営に引き込むために、アンネマリーは畳みかける。

「それなら、今度彼女をお茶に誘ってもいいかしら？　今日みたいなお茶会でなく、彼女だけお呼びするの」

「いいんじゃないか？　お前も、親しい友達が必要だからな。お前の友達ならいつでも歓迎する」

「……では、すぐにお手紙を書きます」

我が兄ながら何て鈍いのだろうと呆れつつも、承諾を取りつけられてほっとしていた。

あとは、屋敷に招待した彼女がうまくやってくれるだろう。賢い彼女のことだから、兄が気づかない間に外堀を埋めていくに違いない。

ひとつ任務を成し遂げた気分になり、アンネマリーが安堵していたところに、騒がしい気配が近づいてきていた。

怒気を孕んだ声で何事かを言いながら、その気配は夕食を摂《と》るダイニングに入ってきた。

「本当に腹が立つことだ！」

「お、お父様、どうしたの……？」

誰の目にもあきらかに怒り狂った様子で部屋に入ってきたのは、父だった。

基本的にはいつもご機嫌な父がこんなにも怒っている姿は珍しく、アンネマリーたちは驚いてしまった。

「あなた、どうしたの？」

「シュレーゲル家の連中は、ありもしない噂をばらまいてみんなを信じ込ませて、あとから力技でそれを真実にさせようとしているようだ！」

よほど腹が立つことがあったのだろう。怒りは伝わってくるが、話の全容は一切見えてこない。

見かねた母が、給仕のために部屋の隅に控えていた執事に酒を持ってくるよう指示する。グラスに入ったお気に入りの蒸留酒が運ばれてくると、それを一気に飲み干して、ようやく父は怒気を鎮めた。

「シュレーゲル公爵は、自分のところの娘こそ正妃だと言い張っている。つまりな、うちのアンネマリーを側妃止まりだと言って回っているんだ」

「それで、後宮の噂なんかが出てきたのですね……」

父の言葉を聞いて、昼間にヘルマから聞かされた話を思い出していた。

先ほどまでヘルマと兄をどうくっつけるかばかり考えていたのは、昼間聞いた話を意識の外にやりたかったからだと気づかされる。

「お前の耳にも入っていたのか……こんなのただの噂だと思うだろう？　だがな、小さな噂話のうちに鎮火しておかないと、やがて強引な手でも使って真実にしかねん連中だ」

「そのようなこと、できるのでしょうか……？」

表情は変えないように尋ねつつも、アンネマリーの内心は穏やかではなかった。

ギュンターがドロテアにマギレーベンの植物を贈ったと聞かされたばかりだ。アンネマリーも彼から贈り物をもらっているとはいえ、植物は贈られていないから、彼女を特別扱いしたように感じてしまう。

「王家も公爵家のことは無視できないはずだ、というのがやつらの考えだ。強引に推し進めて、最後にギュンター殿下を頷かせればやつらの勝ちだ」

「なるほどな……無視できないほど噂が大きくなってしまい、人々が〝真実だと信じ〟れば、そのあとギュンター殿下がそのとおりの行動を取らねば、まるで殿下が嘘をついたように見える。公爵家は被害者ぶって約束を反故《ほご》にされたとでも言いまわればいいからな」

父の説明を受け、兄が言った。それを聞いて、アンネマリーもことの深刻さを理解した。大変なことが起きているのはわかったが、どうしたらいいのかはわからなかった。

「いいか、アンネマリー。シュレーゲル家がやりたいのは、殿下と結婚して王家に成り代わることだ。今の振る舞いを見ていたらわかるだろう？　あいつらはギュンター殿下よりも国王陛下よりも、自分たちのほうが偉いと思っているのだからな」

「あなた、それは言い過ぎよ。根拠もないのにそんなことを言ったら、あなたのほうが名誉を毀損したといって、相手方に糾弾する余地を与えてしまうわ」

父があまりに強い言葉を使ったため、さすがに母がたしなめた。だが、父が落ち着く様子はない。

「今は静観しているほかの公爵家だって、わかったものではないぞ。……まさか、我が国の貴族社会がここまで腐敗しているとはな」

父は由々《ゆゆ》しき事態だと言って、ひどく落胆したような溜め息をついた。

娘が侮辱されたから怒っていたというよりも、この国の将来を憂いていたらしい。

自分の婚約者が誰かに奪われる心配ばかりしていたことに、アンネマリーは恥ずかしくなった。

ゆくゆくは王妃になるというのなら、国のことを考える視点を持てなくてはならない。

そのことに改めて気がついた。

ギュンターのことが好きだからというだけではなく、この国を守るためにもドロテアを彼の伴侶にするわけにはいかない。

「私、ギュンター様にお手紙を書いて知り得たことをお伝えしてみたほうがいいかしら？」

今自分にできることはないだろうかと考えて、アンネマリーは言った。

だが、父と兄は顔を見合わせて、それからそろって首を振った。

「知らないわけはないとは思うが、もしまだ耳に届いていない場合、お前が言い出したと思われることが怖い」

「……どういうことですか？」

苦い顔をして兄が言ったが、アンネマリーはその言葉の意味がわからなかった。

「『～という話をドロテア嬢がしていました』と殿下の耳に入れるのは簡単だが、証拠も揃えないうちにそのような話をすれば、ただの悪口だと思われる恐れがあるということだ。というより、相手方はやっているだろうよ。そこにお前まで余計な話を耳に入れれば、殿下にとっては双方から悪口を吹き込まれているように感じるかもしれない」

父はまるで子どもに言い聞かせるように言った。柔らかく噛《か》み砕《くだ》いてもらったことで理解できたが、解説がなければ事態を呑み込めなかったのが恥ずかしい。

「それは……嫌です。そのような低俗な者だと思われて軽蔑されたくありません」

「そうだろう？　だから、我々の口から言うのは悪手だ。王家の耳目が黙っていないだろうから、今はこらえなさい」

必要な情報なら耳に入れるべき立場の人間が王家に伝えるからと、父はアンネマリーをなだめた。

シュレーゲル家のやり方が気に入らないのもあるが、ギュンターがどんなふうに考えているのかわからないのも、アンネマリーを落ち着かなくさせていた。

周囲に不穏な気配が漂い始めてからも、ギュンターから手紙は届いていた。手紙のほかにも、花やお菓子の贈り物も。

相変わらず彼からの手紙は簡潔で、文面からは感情が伝わってこない。

だから、ようやく顔を合わせることができる夜会の日になっても、不安なままでいた。

あのお茶会以降も、今後の人脈形成のために小規模なお茶会は続けて開催している。すると、自然に情報が入ってくるものだ。

ご令嬢たちの噂話から察するに、ギュンターはここのところ何度かシュレーゲル家に呼ばれているらしい。ほんのわずかな時間だけ滞在して帰っていくという話で、よほどドロテアと一緒にいたくないのだろうと集まったご令嬢たちは笑っていたが、アンネマリーはそうは思わなかった。

ギュンターは、アンネマリーのところにはそのわずかな時間すら会いに来てくれないのだ。だから、シュレーゲル家に少しの間でも顔を出すのは、寸暇を惜しんで会いに行っているということに思える。

それに対してヘルマが「お手紙や贈り物を欠かさないのは愛あればこそ。殿下は婚約者であるアンネマリー様が友人である私たちと過ごす時間を大切にしてくださっているのでは」と言ってくれたことで、少し心が慰められはしたが。

(今夜、ギュンター様がドロテア嬢をエスコートしていたらどうしよう)

支度をするために鏡の前に立って、アンネマリーは憂鬱な気持ちになっていた。

今夜のドレスは、ライラック色のものにしてみた。気落ちしているアンネマリーを励ますために、母が新たに仕立ててくれたのだ。

この色はよく似合うし、ギュンターから贈られた青薔薇の首飾りにも合うからと。

袖と腰の部分のリボンだけ別素材でできており、少し透け感があるのがとても可愛らしい。肘までの白い手袋を合わせることで、アンネマリーのほっそりとした体つきを引き立ててくれる意匠となっている。

侍女が気合いを入れて髪を結ってくれ、化粧品も兄がお土産にくれたゾネンレヒトのものを使ったため、いつも以上に洗練され、美しく仕上がっている。

だが、きれいに着飾るほどに、今夜のことが不安になってきてしまっていた。

「アンネマリー、何て顔をしているんだ。そんな表情をしていては、どれだけ着飾ってもだめだぞ」

支度をして階下へ行くと、アンネマリーの姿を見つけた父が言った。

不安がそのまま顔に出ていたからだろうが、いつもは受け流せる父のその物言いも、今日のアンネマリーは受け流せなかった。

「お小言なんて聞きたくありません。お父様こそ、支度を整えたレディを捕まえて、褒める前にお小言なんて紳士的ではありませんよ」

「お前がレディではなく拗ねた幼児のような顔をしているのが悪いのだろう」

「幼児……」

レディ扱いされないどころか幼児だと言われてしまうと、さすがに反省する。アンネマリーは努めて表情を引き締めて、微笑みの形にした。

「ただでさえシュレーゲル家の連中は、はったりを利かせるのがうまいんだ。何もなくてもあるように見せる、うまくいっていないのにいっているように見せるというのが彼らのやり方だ。それなら、こちらだって同じくらいはったりをかませるようにならないと負けるぞ」

「はい」

「意地でも、『殿下の寵愛を受けているのは私』という顔をしていなさい」

「わかりました」

父の言葉はチクチクと胸を刺したが、何ひとつ間違ってはいないから頷くしかなかった。

社交界では事実よりもどう見えるかが大事だというのは、アンネマリーもよくわかっている。

「やはり殿下の寵愛はお前にあるぞ！」

母の支度が終わるのを待つ間、書斎に行こうかとしていたところ、興奮した様子で兄が駆けてきた。

彼はひと足先にヘルマを迎えに行くために家を出ようとしていたはずだが、急いで戻ってきたらしい。

「お兄様、そんなに慌ててどうなさったのですか？」

「馬車が来てる。たぶん、ギュンター殿下だ」

「えっ？」

もたらされた思わぬ知らせに、アンネマリーは驚いてしまった。だが、心の準備をするより早く、玄関のドアが開く音がした。

「ギュンター様……来てくださったのですか」

書斎を出て玄関先へ行くと、そこには正装したギュンターの姿があった。

今夜の彼は簡素な意匠の礼服をまとっているが、カフスボタンに青い石を使っているのと、タイの代わりに金のリボンを使っているのが洒落ている。

彼はアンネマリーの姿を見つけると、パッと笑顔を浮かべた。

「アン！　よかった、間に合って。今夜、君に付き添いたくて来たんだ」

「そうなのですか……嬉しい」

会場に行くまで不安でたまらなかったから、彼が迎えに来てくれたのが本当に嬉しかった。許されるならばその場で子供のように飛び跳ねてみせたかったが、努めて淑女らしく振る舞う。

「リーベルト侯爵、アンネマリーを連れ出してもいいですか？」

「もちろんだとも。殿下に会えるのが楽しみで、今夜も気合いを入れてめかし込んでいたのだから」

「本当だ。アンはこういう色も似合うんだね。愛らしい花の妖精みたいだ」

父に許可をもらったギュンターは、いそいそとアンネマリーを連れ出す。アンネマリーは彼に手を引かれるまま表に出て、待たせてあった馬車に乗り込んだ。

「……ああ、ようやく会えた。帰国してから忙しくて、会う時間が取れなかったんだ」

馬車の中で二人きりになったからか、途端にギュンターの態度が崩れる。王子らしい凛々しい姿も好きだが、こんなふうに柔らかな雰囲気になるのも好ましく思える。

だが、ドロテアのところへ行っているのは知っているだけに、今の彼の言葉を素直に喜べなかった。

「立太子に向けて、いろいろご多忙ですものね」

「そうだね。それもあるけれど、いろいろ取り除いておきたい不安材料もあって。兄上とも密に連絡を取り合っているところなんだ」

疲れているのか、心配事があるのか、ギュンターの顔が少し曇った。クリスティアンとも話し合わなければいけない懸念とは、一体何なのだろうか。

「クリスティアン殿下は、もうゾネンレヒトにお戻りになったのではないのですか？」

「うん。でも、魔術道具で会話しているんだ。アンにあげた手鏡があるだろ？　あれを改造したもので、遠くにいる相手とも話ができるようにしたんだ」

彼は唇に人差し指を当てて「まだみんなには内緒だけれど」と言った。

秘密を共有してもらったのが嬉しくて、ほんの少しだけ傷ついた気持ちが癒える。

「アンは元気だった？　何か困り事はない？　たとえば、誰かに意地悪をされたとか」

ギュンターはそう言って、アンネマリーを見つめてきた。

気遣われているのが嬉しいが、返答に困った。

いっそのこと、ドロテアとのことを聞いてしまいたい。なぜ彼女のところへ行くのに、自分のところには来てくれないのか聞きたい。後宮を作るという噂は本当なのか、確かめたい。

だが、父からの忠告も忘れていないから、聞いてはいけないのもわかっている。

「……いいえ、そういったことは何も。元気でしたよ。ギュンター様に会えなくて寂しかったですけれど」

「僕もだよ。でも、今夜はずっと一緒だから。早く君を抱きしめたくて仕方がなかった」

「んっ……」

抱きしめられ、彼に口づけられた。

性急に舌を絡めてくるその様子に、彼がいかに欲を持て余しているのかを感じさせられる。そうか、今夜も抱かれるのか……と、体が期待するとともに胸の奥がチクリと痛くなった。

求められるのは嬉しいはずなのに、彼がもし自分に対して抱いているのが好意ではなく欲だけだったら嫌だと思ってしまうのだ。

口づけは、長く長く続いた。

期待するみたいに、体の奥が疼いてきてしまう。

熱くとかされて、とろとろになったところに彼のもので奥深くまで貫かれるのを想像してしまって、はしたなくもアンネマリーは自身が熱を持ち始めるのを感じていた。

「……とろんとして、可愛いな。夜会のあと、うんと可愛がってあげるからね」

「はい……」

口づけを終えると、ギュンターはそう言ってアンネマリーの頬を撫でた。

ここが馬車の中でなければ、夜会のために王城へ向かっているのでなければ、このまま二人の唇は再び重なっていただろう。

だが、無情にも馬車は走り続け、王城に到着してしまった。

「さぁ、着いたよ。君のお父上たちが到着するまでは、僕がそばにいるからね」

先に馬車から降りたギュンターは、そう言って手を差し伸べてきた。

一緒にいられるのは嬉しいが、なぜわざわざそんなことを言ったのかが気になる。

「ギュンター様にご挨拶をしたい方もたくさんいらっしゃるのでは？」

「あとでもいいよ、そんなの。それより、アンは絶対僕のそばから離れてはだめだよ」

「わかりました」

手をギュッと握られ、子どもに言い聞かせるように言われて、アンネマリーは頷くしかなかった。

それに、ダンスホールに到着するまでの間、彼がずっと手を握ってくれていたことが嬉しかった。

「君のドレス、こういう場所の灯りの下で見ると、また少し違った色味に見えていいね」

ダンスホールに入ると、彼はまたしみじみとアンネマリーを見つめて言った。

本当は、こういった可愛らしい色合いが自分に似合うだろうかと心配だったのだ。だが、彼がこんなに褒めてくれるのなら着てよかったと、選んでくれた母に感謝した。

「君が踊る姿が見たいな。一曲踊りに行こう」

会場内にゆっくり視線を巡らせてから、ギュンターは少しはしゃいだように言った。会場内には楽団によるゆったりとした音楽が流れている。

「……いいのですか？」

会場に入ったときから、周囲の視線をひしひしと感じていた。もちろん、すべてが悪意を持った視線ではないだろうが、見られると落ち着かない気分になる。

ギュンターに伴われてきたことが注目の理由なのだろうから、その上彼と一番に踊るという名誉な役目を負えば、さらなる注目を集めてしまうに違いない。

シュレーゲル家がドロテアこそが王妃になると喧伝し、後宮を作るなどという噂まで流れている状態だから、アンネマリーのこの状況を〝不当な高待遇〟だと思う人がいてもおかしくない。

だから、踊るのが正しいのか悩んでしまった。

だが、アンネマリーのそんな不安を彼は笑顔で吹き飛ばす。

「婚約者と踊るのに誰かの許可がいる？　僕が君と踊りたいと思っているのだから、誰にも文句は言わせないよ。それとも、アンは僕と踊りたくない？」

「そんなわけないでしょう！」

彼がとんでもないことを聞くものだから、つい強い口調で応じてしまった。それを聞いて、彼は笑いながらアンネマリーの手を取る。

「じゃあ、踊ろう。実は、マギレーベンでダンスに不慣れな魔術師仲間に踊り方を教えていたから、四年前よりうまくなっているはずだよ」

「楽しみです」

二人はダンスの構えを取って、曲の切り替わりに合わせて最初の一歩を踏み出した。

アンネマリーはその一歩から、彼の確かな成長を感じていた。

ダンスというのは、男女の息が合っているのが重要になる。だから、女性は男性に身を任せると同時に、男性の呼吸に合わせようと意識するのが大事だ。

だが、今の彼に対しては、特に息を合わせようとしなくても踊れる。ただ身を任せていれば、何も考えなくても体が動いていくのだ。

彼が言っていたように、四年間ダンスを人に教えていたからというのもあるだろう。だがきっとそれ以上に、体を鍛えてしっかりと筋肉がついたからというのが大きいはずだ。

華奢《きゃしゃ》と表現するのが相応しい体型をしていた彼が、今ではすっかり立派な男性になっている。

そのことに、改めてアンネマリーの胸はときめいていた。

「すごく息ぴったりに踊れたね」

「ギュンター様がとてもお上手だったから」

「練習した甲斐があった。君がとてもダンスがうまいのに、婚約者の僕はいまいちだったのを、実はずっと気にしていたんだよね。これで、君に釣り合う男だと胸を張って言える」

踊り終えて会場の隅へ移動すると、ギュンターはとても満ち足りた顔をしていた。アンネマリーもだ。

「そのように思ってくださっていたのですね……嬉しい。私も、もっと努力してあなたに相応しい存在になりたいです」

王太子妃になりたいからではなく、ギュンターの隣に立てるようになりたいから、そのために努力をしなければ。

アンネマリーは、決意を新たにした。

「アンネマリーは立派に頑張っているよ。君がお茶会を開いてマギレーベンの道具をご令嬢たちに見せてくれただろう？　あれはこの国で魔術を広めるためにかなり役立っているんだ」

「それならよかったです。珍しいものですから、独り占めせずに皆さんにお見せしたいと思ったのです」

「その気持ちが嬉しいな。……やっぱり僕の隣に立つのは、人々の生活のことを考えられる人でないと」

ギュンターに手放しで褒められ、アンネマリーは誇らしさに胸が温かくなった。

褒められたいからしたわけではないが、自分の行いが彼に評価されるのはやはり嬉しい。

「私も、魔術がこの国の人々を豊かにするところが見たいです。ですから、そのためにできることがあれば、お手伝いさせてください」

彼の妻になるならば、ゆくゆくは王妃になるのなら、民たちのことを一番に考えることが必要だ。だから、何をすればいいのか彼に聞いておきたかった。

だが、その会話に水をさす者が現れる。

「アンネマリーさん、殿下を独り占めなさらないで」

鋭い声でそんなことを言われて、アンネマリーは驚いてしまった。

いつの間にか、ドロテアが取り巻きを従えてそばまでやって来ていたのだ。

彼女はひどく困った顔を作ってこちらを見ている。

そんな顔をされると、まるでアンネマリーが意地悪をしたみたいだ。彼女の声だけを聞いた人に、アンネマリーが意地悪をしていると印象づけたいのだろう。

「今、アンと話しているんだ」

彼女の意図に気づいたのか気づかないのか、ギュンターがアンネマリーをその背に庇《かば》った。だが、それで黙るようなドロテアではない。

「いつまでお待ちすればいいの？　そんなことより、殿下にいただいた植物の調子が悪いようですの。すぐに来て見てくださらない？」

ギュンターにしなだれかかって、甘えた口調でドロテアが言った。

そんなことでギュンターがなびくとは、アンネマリーは思っていなかった。だが、彼の顔色が変わるのがわかった。

「あの植物が……わかった、見に行こう。アン、またね」

「あ、はい……」

ギュンターはアンネマリーに手を振ると、会場を足早に出て行った。その後ろを、ドロテアが弾むような足取りでついていく。

先ほどまで、確かにアンネマリーと彼の間には温かで特別な空気が流れていたと感じていたのに。それでも、彼はドロテアとともに行ってしまった。

残されたアンネマリーは、本当は心穏やかではなかったが、その後やってきた父や母と合流して、どうにか取り乱さずに夜会の会場をあとにしたのだった。

だが、屋敷に戻ってからは冷静ではいられなかった。

（ギュンター様が……ドロテアと夜を過ごすのだとしたらどうしよう）

寝支度を整えて、自室でひとり涙に暮れていた。

考えまいとしても、どうしても悪いほうにばかり意識がいってしまう。

夜会に向かう馬車の中、ギュンターは今夜アンネマリーを抱くと言っていた。戸惑う気持ちはありつつも、彼に求められることはやはり嬉しくて、期待してもいた。

しかし、彼は今ドロテアと一緒だ。馬車の中で確かに高まっていた彼の欲望の行き先を考えると、不安で仕方がなくて苦しくなる。

（泣いても仕方がないし、泣いてはいけないとわかっているのに……）

寝台に横になり、子どもみたいに手の甲で涙を拭ってしまう。部屋に戻る前に母に、泣くと明日の朝ひどい顔になるわよと注意されたのに。

侍女が心配してよく眠れるようにと香炉を置いてくれたが、効果はなさそうだった。

不安でつらい気持ちでいっぱいで、たったひとり夜に取り残されている気分だ。

そのせいか、耳が冴《さ》えるからか変な音まで聞こえてきてしまった。

それは、遠くの空で何かが弾けるみたいな音だった。空が震えるようなその音は雷に似ている気もするが、稲光は見えなかった。

「……もう、何なのよ」

変な音が止《や》んだあと、今度はバルコニーのほうからかすかな音がした。もしかしたら、空から何か変なものでも飛んできたのかもしれない。

少し悩んだが、アンネマリーは寝台から起き上がった。どうせ眠れないのなら、気になることを確認しておこうと思ったのだ。

だが、カーテンを開けようとしたところで、再び音がした。

それは、窓をノックされる音に聞こえた。トントントン……と、意思を持って鳴らされる音に思える。

カーテンを開けようかどうか、アンネマリーは迷った。外に何がいるのか確かめるのが、途端に怖くなったのだ。

「アン、開けて」

「えっ……」

怖くなって家族の誰かを呼びに行くか悩んでいると、窓の向こうから呼びかけられた。

間違いなくギュンターの声だ。

彼が恋しすぎて聞こえてきた幻聴かとも思ったが、気がつくとアンネマリーはカーテンを引いていた。

すると、窓の外にはギュンターの姿があった。

「ギュンター様、どうして……？」

「きっと誤解されたと思って……君には誤解されたくないし、世間にだって欠片《かけら》でも勘違いされたくないから、派手にシュレーゲル家を飛び出してきたよ」

彼はアンネマリーの頬に触れると、困ったように眉根を寄せてから抱きしめてきた。力強い腕の中に閉じ込められて、アンネマリーも彼を抱きしめ返す。

「……泣かせてごめん」

「今夜はドロテア嬢と過ごすのだと思って、苦しくて泣いてしまいました……」

アンネマリーが正直に打ち明けると、彼はさらに腕の力を強めてかき抱いた。

「僕が好きなのは君だけ。妻にしたいのも君だけ」

腕の力を緩めると、彼はじっと見つめてきた。

月のようなその瞳は、嘘を言っているようには見えない。

だが、それでも不安はすべて晴れなくて、それを素直に打ち明けることにした。

「……でも、公爵家を無視するわけにはいかないのでしょう？　だから、後宮を作るという噂があって……ドロテア嬢は自分こそが正妃になるのだと信じてらっしゃるようですが」

「自分たちのほうが王家よりも立場が上だなんて、とんだ思い上がりだよね……正妃も側妃もありえないよ。僕の妻はひとりだけ。そして、僕が選んだのは君だ、アンネマリー・リーベルト」

彼はそう言って、唇を寄せてきた。アンネマリーは目を閉じて、それを受け入れる。

優しく、唇の感触を確かめ合うような口づけだった。角度を変え、少しずつ深くなっていきながら、彼はアンネマリーの心をとかしていく。

「おいで、アン。二度と不安にならなくていいように、うんと君を愛すよ」

「はい」

彼に抱きしめられ、寝台へとなだれ込む。

彼はアンネマリーを寝台に押し倒すと、覆い被さって荒々しく口づけながら、もどかしそうに服を脱いでいく。

夜会用の豪奢な上着とベスト、シャツを脱いでいき、トラウザースも引き下ろすと、期待にはち切れそうになっている彼自身が現れる。

「アンに触れたくて、アンのことを可愛がりたくて、ずっと苦しかった。ようやく触れられる……」

彼は今度は、アンネマリーが着ているものに手を伸ばす。寝るために薄いガウンと下着しか身に着けていないから、すぐに脱がされてしまった。

「私も、触れてほしかったです。ギュンター様がほかの人に触れるかもしれないと思ったら、つらくて苦しくて……」

「僕が欲しいのは君だけ。体がこんなふうになるのも」

「んっ……」

再び体を重ねると、ギュンターは硬くなった自身をアンネマリーに押しつけてきた。お腹にそれを押しつけられるだけで、体の奥から熱くなり、疼いてきてしまう。

「今から君のここをたくさん優しく舐めて、蜜が溢れたら指でほぐしてあげる。指二本を挿れても苦しくなくなったら、僕のものでうんと気持ちよくするからね」

「……はい」

これから何をするのか宣言されると、それだけで濡れてきてしまいそうだった。

彼はアンネマリーの両脚をそっと左右に開かせた。それから、ふっと笑う。

「もう濡れてるね。キスだけで気持ちよくなっちゃった？」

「……はい。ギュンター様に触れられると、すぐに気持ちよくなってしまって」

「素直な体だ。もっと気持ちよくしてあげる」

「ぁんっ」

伸ばされた彼の舌が、秘裂をくすぐるように舐めた。温かく湿った感触に触れられて、アンネマリーはたちまち気持ちよくなる。

彼は素早く舌を動かしたり、先を尖《とが》らせるようにして蜜口をこじ開けて中へと進んできたり、様々な愛撫を施す。

それに加えて花芽を親指に力を入れて捏ねられたため、鋭い快感に腰が大きく跳ねた。

「やっぱりここを触ると反応がいいね。……一番敏感なところを刺激したら、どうなるのかな」

「えっ……いや、だめっ……あぁぁっ！」

ギュンターは花芽のさらに奥に秘された部分を剝《む》き出しにすると、そこを刺激する。舌先を押し当てるようにしてから強く吸われると、気持ちがよくてアンネマリーはあっという間に達してしまった。

快感に、アンネマリーの腰は跳ねる。秘裂からは蜜が溢れ出し、シーツを濡らしていく。

「やっ……あぁんッ！　だめぇ……あ、あぁっ……」

花芽を吸われながら、蜜壺に指を挿入された。軽く抜き挿しするだけで、そこからは淫靡な音が響く。

「アン、だめだよ。そんなに指を締めつけたら……あぁ、早く君の中に入りたいよ」

「あっ、んんっ……あ、あぁ……」

彼の指の動きが性急になる。素早く好い部分を擦られると、快楽の波が押し寄せてくる。

だが、それだけでは足りなくて、一番埋めてほしい部分には届かなくて、アンネマリーは切なく腰をくねらせながらギュンターに甘える。

「ギュンターさま……もぅ、来て……」

「アン……」

「お腹の奥、足りなくて……埋めてほしくて……あぁっ……お願いっ……」

「なんて可愛いことを言うんだ……！」

指を締めつけながら言うと、ギュンターが眉根を寄せて困った顔をした。そして、指を引き抜くと、そこに猛《たけ》り切った自身をあてがう。それから、一気に貫いた。

「あぁんっ！」

「ごめん……可愛すぎて。アンにあんなおねだりされたら、今すぐ奥まで埋めてあげなくちゃって思うだろ？　狭いね……僕の形にしてあげるから」

「んっ、やっ、あっ、あぁっ、ぁんっ」

「ああ、すごい締めつけてきて……そんなに僕が恋しかったんだね……」

ギュンターの腰の動きは激しかった。ギュッとアンネマリーの華奢な体を抱きしめたまま、腰を大きく動かして抜き挿しする。

結合部からは勢いよく蜜がかき出され、粘度の高い水音を響かせている。

待ち望んでいた感覚に、アンネマリーの内側は熱くとろけてうねっていた。無意識に絡みつき、奥へ誘いながら吐精を促そうとしている。

「僕ばかり欲しがっていると思っていた。でも、君は良い子だから我慢していたんだね」

髪を撫で、口づけの雨を降らせながら彼が尋ねてきた。彼が自分の体でこんなに興奮して、気持ちよくなってくれているのが嬉しくて、アンネマリーは頬を染めつつ頷いた。

はしたなくても、彼の前では素直でいたいのだ。

「アン、これからは僕には何でも教えて？　欲しかったら欲しいって、気持ちよかったら気持ちよかったって、ちゃんと伝えるんだよ？」

「ふぁ、いっ」

彼はアンネマリーの肉づきの薄い腹に触れていた。少し手のひらに力を入れられると、蜜壺を貫かれる快感がさらに増して、その感覚に目を瞬かせた。

「ここ、君の子宮だよ。ここに今からたくさん精を注いであげるからね……アン、欲しい？」

彼の呼吸が乱れてきていた。おそらく、彼の果ても近づいてきている。

最奥が押し上げられるかのように、何度もぐっと貫かれている。気持ちがよくて、彼への愛しさが最高潮に達したアンネマリーは、彼の背に腕を回してしがみついた。

「あっ……欲しいっ……欲しいです、ギュンターさまぁっ……あぁっ、来て……たくさんっ……んあぁっ」

言葉にすると、快感が増す気がした。もっと彼に近づきたくて、蜜壺が甘くうねる。

「アン……出すよっ」

切なげに眉根を寄せて見つめてきたギュンターが、少し荒い仕草で唇を奪ってきた。その次の瞬間、彼のものが大きく震える。

快楽の絶頂へと押し上げられた蜜壺で、アンネマリーは彼を締めつけた。その締めつけのせいか、これまでよりも注がれる精は多かった気がする。

「……君が甘えてくるのが可愛くて、たくさん出してしまった」

脈動が収まると、ギュンターはアンネマリーの中から出て行った。隣に横になり、また優しくその腕にアンネマリーを抱きしめる。

「ギュンター様に求めてもらえるのが嬉しくて、ひとつになるのが気持ちよくて……」

帰宅してからずっとあった不安は、もうすっかりなくなっていた。

ギュンターがはっきり言葉にしてくれたのもあるが、彼に愛されているということを体で感じられたのも理由だ。

彼の気持ちがわからないままで抱かれていたときは、気持ちよくても戸惑いのほうが大きかった。

だが、彼が愛しているのが自分だけだと信じられる中で抱かれると、気持ちよさと幸せしかない。

少し汗ばむ彼の腕の中、アンネマリーは安心して眠った。

第四章

（アン、疲れて寝ちゃってる。今日は甘えん坊だったからな）

寝台の上に上体を起こし、ギュンターは眠るアンネマリーを見つめていた。

かなり激しく抱いたため、汗をかいて彼女の美しい銀色の髪が肌に貼りついている。額に貼りついた髪を払って、そこに口づけた。

かすかに寝息が乱れたものの、起きる気配はない。やはり、もう一度抱くのは無理そうだ。

一糸纏わぬ彼女の寝姿に劣情が再び湧いてくるが、気づかぬふりをしてやり過ごすしかない。

今は、こうして自分のそばで安心して彼女が眠っているというだけで尊いのだから。

何ひとつ、欲しいものは手に入らないかもしれないとあきらめていた自分の人生で、アンネマリーだけが唯一あきらめたくないものだった。

だから、彼女とこうして想いを通わせられるようになったことは、奇跡のように思える。

第二王子に生まれたから、ギュンターはあらゆることをあきらめていた。

愛も期待も関心も、すべて兄であるクリスティアンに注がれるのをずっと目の当たりにしてきたから。

両親はそうではなかったが、どうしたって期待のかけ方が違うのは仕方がない。

周りの大人たちは、みんなクリスティアンの機嫌を取った。それに倣って、周囲の子どもたちは露骨にクリスティアンばかりに構った。

同年代の貴族の子息令嬢たちを集めてお茶会が開かれたとき、最初はギュンターも友だちができるかもしれないと期待していたのに。

蓋を開けてみれば、みんなクリスティアンにしか興味がなかった。

今ならそれも、仕方がないとわかるのだ。彼らは親に言われて、クリスティアンとお近づきになるという使命を帯びていたのだろうから。

だが、あのときギュンターはひどく落胆したのだ。

うんと幼いときからの経験で、そんなことで傷ついてわざわざ顔に出すことはなかったが、内心では深く傷ついて、自棄《やけ》を起こしたくなっていた。

とはいえ、その頃にはもうギュンターには魔術があった。

兄のように期待されてはいないし、華も社交性もないが、自分には魔術があると慰めにしていた。

幸いにして、魔術を学びたがると父である国王は喜んで書物を買い与えてくれたため、資料に困ることもなかった。国内で翻訳されているものがわずかしかないのが悩みどころだったが、そのうちにマギレーベン語も読み書きできるようになったから問題なかった。

だから、そのお茶会の日もこっそり抜け出して庭園の隅で魔術の練習をして心を慰めようと思っていたのだ。

そんなときに、彼女はやってきた。

「すごい！　どうやっているのですか？」

突然小さな女の子が走ってきたかと思ったら、興奮気味に尋ねられた。

その子の目にははっきりと、尊敬の念がこもっていた。

そんな目を誰かに向けられたのは初めてで、ギュンターは嬉しくなったが、同時に警戒もしていた。

どうせこの子だって本当は兄上目当てで、兄上を囲む子どもたちの輪から弾き出されたから仕方なくこっちに来たに違いないと。

そう思って追い払ったのに、彼女は——リーベルト侯爵家のアンネマリーは、立ち去らなかった。理由は、ギュンターの魔術が「とっても面白いから」だという。

彼女の名前を聞いて、本当はギュンターは飛び上がりたいほど喜んでいた。

父である国王が、「リーベルト侯爵家のご息女は大変賢く、将来有望である」とはっきり言っていたからだ。

その小さな才女が、兄クリスティアンではなく自分のところへ来てくれたという事実は、これまでずっと傷ついていたギュンターの心を大いに慰めた。

それに、ギュンターに優しくしてくれるリーベルト侯爵の娘というだけで好感が持てる。

リーベルト侯爵は、クリスティアンとギュンターに分け隔てのない態度でいてくれる数少ない大人だ。彼は髪色と目の色からギュンターのことを〝黒猫王子〟と呼び、「うちにも銀色の毛並みの可愛い子猫姫がいるのですよ」と教えてくれた。

リーベルト侯爵は、忠誠心というよりとにかく国王が大好きで、そのため国王からも気に入られていた。貴族社会に必要な腹の探り合い騙《だま》し合いはおそらく苦手なタイプだが、そこも含めてギュンターは気に入っていた。

最初は、彼女が兄ではなく自分を選んでくれたという優越感で一緒にいたように思う。

だが、いつしか彼女のことが好きになっていた。ほかの人とは違い、きちんとギュンターを見てくれる彼女を、好きにならずにはいられなかった。

何より彼女は可愛くて、賢くて、ギュンターの話をいつも面白がってくれたから。侯爵が〝銀色の毛並みの子猫姫〟と呼ぶのも頷ける、愛らしい姿をしていたから。

人と関わるより魔術の勉強さえできればいいと思い込んでいたが、それは違うのだと、それだけではだめなのだと彼女が気づかせてくれた。

アンネマリーがそばにいたから、みんなに愛されるクリスティアンが兄でも腐らずにいられたのだと思う。

彼女がいてくれたから、魔術でこの国を豊かにするという自分らしい目標を持つことができたのだ。

だが、彼女に求婚して受け入れてもらうまで、ずっとひやひやして生きてきた。

クリスティアンが、「彼女を妻にしたい」と指差しさえすれば、それが叶ってしまう立場にいたからだ。

シュレーゲル家を始めとした公爵家たちがどこか心得違いをしていそうな雰囲気のため、クリスティアンは公爵家から妻を選びにくい状態だった。

だからこそ、兄は早くから「自分の伴侶は自分で選ぶ」と公言していたのだが、それはつまり、指名すれば誰でも手に入れられるという意味でもあった。

アンネマリーは賢くて可愛いから、兄上も気に入ってしまうかもしれない。兄上に指名されたら、彼女もきっと断れないだろう――そんなことを考えて、ずっと不安だった。

だが、マギレーベンに出発する前に求婚すると、彼女は受け入れてくれた。『私でいいのですか？』と彼女の顔には書いてあったが、そんな慎み深い彼女だから好きなのだ。

そういうわけで、ギュンターは留学前にアンネマリーを婚約者にできたから、ひとまず安心していた。

彼女の目と同じ青色をした薔薇を贈ると約束したから、挫《くじ》けそうな日も異国で頑張れた。


「あと少しで、青い薔薇が完成するところだったのにな……」

マギレーベンでやっていた研究のことを思い出して、ギュンターは苦い思いになった。

青薔薇の完成を待たずして、帰国しなければいけなくなったのが本当に惜しい。

だが、結果的にこうしてアンネマリーを手に入れたのだから、それはそれでよかったといえる。

「それにしても、シュレーゲル家は鬱陶しい……」

自分たち公爵家のことを王家が無視できないだろうと心得違いをしている連中のせいで、アンネマリーを泣かせてしまった。

ギュンターはドロテアになんか全く興味がないどころかむしろ嫌いなのに、ベタベタまとわりつかれて不愉快極まりない。

子どもの頃、あのお茶会に当然ドロテアもいた。だが、当時の彼女はクリスティアンに媚びることしか考えていなかったし、ギュンターに対しては冷ややかな視線を送ってきたことを忘れていない。

それなのに彼女は、自分こそ正妃に相応しいと喧伝している。アンネマリーを完全に退けることが難しいと判断したからか、後宮を作るなどという噂を流して、いたずらにほかの令嬢たちまで刺激し始めていた。

それだけならまだしも、王室の財政にまで口を出してきたのが気に入らない。

今夜シュレーゲル家にいやいやながらも行ったのは、間違っても彼らに〝魔術なんて何の役にも立たない、金の無駄遣いな道楽〟などと言わせないためだ。

シュレーゲル家はあろうことか、ギュンターのマギレーベンへの留学や今後の魔術についての計画を道楽だと因縁を吹っかけてきたのである。

それも作戦のうちだとわかっている。連中は、『大好きな魔術を手放したくないのならドロテアを妻にしろ』と形を変えて言ってきたのだ。

シュレーゲル公爵はしたり顔で、「魔術が役に立つと言うのなら、何かすごいことを見せてください」などと言ってきた。

だからギュンターもムキになってしまい、マギレーベンから持ち帰った植物の種を魔術で発芽させてみせた。

それをドロテアは「ギュンター様がマギレーベンの珍しい植物をくださった」と喧伝したことで、それがどうやらアンネマリーの心を騒がせてしまったらしい。

本当は今夜だってシュレーゲル家に行きたくはなかったが、それで植物が枯れてしまうようなことがあれば、公爵に「魔術は役に立たない。やはり道楽だ」と言う機会を与えることになりかねない。

だから渋々様子を見に行って、何事もないのを確認したというわけだ。

だが、あろうことかドロテアが色仕掛けをしてきたから、慌てて飛び出してきたのだった。

まかり間違っても〝ギュンター殿下はシュレーゲル家で一夜を過ごされた〟だなんて言い触らされたら困るから、ギュンターは派手に退場してきた。

魔術で花火を放ちながら、大きな音と光でシュレーゲル家を後にしてきたことを盛大にご近所に主張してきたのだ。大声で「さよーならー」と叫んでやったのは、嫌がらせだ。

花火だけならドロテアが「わたくしのための花火を見せてくださったの」などと話して

回りかねない。だが、夜の誘いを断られて帰られたなどという話であれば、きっと彼らのプライドが傷ついて、話すことはできなくなるだろう。

少し派手にやり過ぎかとも思うが、絶対に今夜中にアンネマリーのもとへ行きたかったのだ。

ドロテアとともに夜会の会場を去るとき、彼女の悲しげな視線が背中に刺さるのを感じていたから。

シュレーゲル家の人間が油断しているときに屋敷に入り込む必要があったからこれまで耐えてきたが、それももう済んだ。

「アン、もうすぐだからね」

憂いなくアンネマリーをそばにおくその日を夢見て、ギュンターは眠りについた。


翌朝、ギュンターは控えめなノックの音で目が覚めた。

隣で眠るアンネマリーを見て、昨夜彼女と過ごしたことを思い出した。

そして、ノックの主が彼女の侍女であると推測できた。

(派手にやってきたから、僕が彼女の部屋にいることは周知の事実というわけか)

侍女に裸を見せるのは気の毒だから、ギュンターは手早く服を身に着けて返事をした。

「どうぞ」

「申し訳ございません、ギュンター殿下……旦那様がお呼びです。お仕度が整いましたら、応接室にいらしてください」

「わかった」

侍女は部屋に入って来ず、ドア越しに声をかけてきた。それに返事をしていると、隣でアンネマリーがもぞもぞと動き出した。

「……ギュンター様？」

「アン、起きた？　君のお父上に呼ばれているから、応接室に行ってくるよ」

まだ眠そうな顔をしている彼女にそう伝えると、途端にパッチリ目を開けた。

「お父様に？　でしたら、私も行きます」

「そう？　じゃあ、先に行っているからゆっくり支度を済ませておいで」

すぐに起き上がろうとする彼女の髪を撫で、ギュンターは先に部屋を出ることにした。

ただでさえ女性の支度は時間がかかるのだ。昨夜、さんざん可愛がったあとだから、いつもより支度に時間がかかって当然だろう。

「アンも起きている。急いで支度をしたがると思うけれど、ゆっくりでいいからね」

「は、はい」

部屋の前で待っていた侍女に声をかけると、彼女は慌てて中へ入っていった。

昨夜は感情に任せてリーベルト家を、というよりアンネマリーの部屋を訪れてしまったが、今度からきちんと手順を踏まないと使用人たちが気の毒だなと反省する。

とはいえ、昨夜はこうするのが一番よかったのだと感じている。

おそらく、リーベルト侯爵もそのことは理解してくれているだろう。

「殿下、こちらへ」

廊下を少し行くと、執事長がやってきた。彼に案内され、応接室に向かう。

「殿下、おはようございます。昨夜はきれいな花火を見せていただき、ありがとうございます」

応接室に入ると、椅子から立ち上がったリーベルト侯爵に出迎えられた。

その言葉や顔から、彼が上機嫌なのがすぐわかる。

「昨夜はお騒がせしました。窓からの訪問も、失礼しました」

「いやいや、構いませんとも。若い愛し合う男女なのだから、窓から会いに来たいことだってあるでしょう」

侯爵は〝愛し合う男女〟の部分を強調していった。

彼の機嫌がいいのは、世間にはっきり示す格好でギュンターがシュレーゲル家に拒絶の姿勢を見せたからだろう。

「昨夜の花火は、シュレーゲル家の屋敷からのほうがよく見えたでしょうなぁ」

彼はそんなことを言って、「わっはっは」と笑った。人が悪いと思うものの、ギュンターが彼の立場ならもっとわかりやすく文句を言っているだろう。

「これで連中も少しは弁《わきま》えというものを持つようになればいいですが」

先ほどまで笑っていた侯爵が、スッ……と真顔になった。やはり、これまでのことは腹に据えかねたものがあったに違いない。そしてその怒りは、当然ギュンターにも向けられている。

「……これまで、アンネマリーや侯爵家の方々には、苦い思いをさせてしまい、申し訳なかった」

「本当に。私はいいが、虚仮《こけ》にされるアンネマリーが気の毒でな。そうやって馬鹿にされるだけならまだしも、危険な目に遭わされるのではないかと気が気ではありません」

「できることなら憂いを根絶したいので、泳がせていました。……アンネマリーには守護をつけますし、もう間もなく決着はつくと思うので」

「うちの娘を妻にする、後宮も側妃も置かないと宣言することすら難しいのですか？」

リーベルト侯爵は、若干語気を荒らげて言った。彼は別に、家の体面のためだけに言っているのではないのだろう。

娘がつらい思いをしたり危険な目に遭ったりするのを避けたいという、当然の親心だ。

「……申し訳ない。間もなく決着がつくので、それまで待ってくれとしか言えません」

「まあ、わかりました。殿下にもお考えがあるのでしょうから」

頭を下げることしかできないのがもどかしいが、侯爵は仕方がないというように頷いてくれた。

「心遣い、感謝します。……アンネマリーのことだけは、よく見てあげていてください。こちらも万全を尽くしますが、相手が相手ですから」

「心得ております。おや……入ってきていいぞ」

シュレーゲル家のことで念押しをしておきたかったのだが、どうやらアンネマリーがやってきてしまったらしい。侯爵に目顔で黙っておくように伝えると、彼もそれはわかっているらしく小さく頷きで応じてくれた。

「……ギュンター様とお父様、何のお話をしていたのですか？」

応接室に入ってきたアンネマリーが、可愛らしく小首を傾げた。彼女のこういった遠慮がちで行儀のいいところが、ギュンターはたまらなく好きなのだ。

行儀がいいだけでは生き残っていけないのが貴族社会だから、心配にはなるが。

「昨夜の花火のことをうかがっていたんだよ。殿下はシュレーゲル家の屋敷を去るとき、彼らのために花火をあげながら箒《ほうき》に乗ってお前の部屋にやってきたのだぞ」

「まあ！　そうなのですか？　そういえば、昨夜は変な音がしているなと思っていたのですが……」

「今度ドロテア嬢と顔を合わせたら『先日の花火はきれいでしたね』と言ってやれ」

侯爵が上機嫌で笑うと、アンネマリーは困った顔をしていた。どうやら、花火の意図も理解できたらしい。

侯爵のその発言は話をそらす意図もあるだろうと、ギュンターは判断した。

「もう報告は終わったから、朝食をいただこうかな」

「嬉しい！　それでしたら、部屋に運ばせましょうね」

「うん」

ギュンターがまだ帰らないとわかって安心したのか、アンネマリーはいそいそと使用人に声をかけにいった。

これで彼女の意識は、侯爵とギュンターが何を話していたのかということからそれただろう。

ギュンターの心配事は彼女にまつわることだが、できれば本人の耳に入れずに処理したい。

だから、彼女はただ、ギュンターに愛されていることだけを実感していてほしい。

「アンは朝からたくさん食べるね」

少し待って部屋に戻ると、豪華な朝食がテーブルに並んでいた。

それを見てからかうと、彼女はわかりやすく頬をふくらませる。

「ギュンター様のためにこれだけ用意したのですよ。私は日頃、こんなにたくさん食べません」

「わかっているよ。どれも美味しそうだな」

パンとジャム、サラダ、ソースのかかった鶏の冷肉、スープ、それから果物。パンとジャムだけでも数種類ある。

アンネマリーが迷わずパンを全種類ひとつずつ皿に盛るのを見て、なるほどパンは彼女のために用意されたのだと理解する。そして、彼女を王城に迎えてからは腕利きのパン職人を雇おうと決めた。

ギュンターは硬めのパンと冷肉とスープを選んだ。

「ギュンター様は、あまり召し上がらないのですか？」

「そうだね。マギレーベンにいた頃の癖で、朝食はたくさん食べないんだ」

「そうなのですか？」

「あの国では早朝に軽く朝食を済ませ、職場や学校についてから持参した軽食を食べるという感じなんだ」

「朝食を二回に分けて食べるのですね！」

マギレーベンでの話に興味を持ったのか、アンネマリーの目はキラキラした。

だからギュンターはどういうものが食されていたのかや、マギレーベン独特の屋台の軽食文化などについて話した。

この国で王族をしているだけでは絶対に体験できなかったことを、ギュンターはあの国でしてきたのだ。

「僕はいずれはこの国に魔術学校を作りたいと考えているんだ」

「素晴らしいですね。身分を問わず入学できるようになれば、能力による立身出世を目指せますね。きっと活気づきます」

これからの展望について語ると、彼女も賛同してくれる。しかも、ギュンターがまだ語らずにいたことまで汲《く》んでくれたのが嬉しい。

「……魔術を特権階級だけのものにしようと考えるやつもいるのに、君はすごいな」

まさにシュレーゲル家がやろうとしていたことが、それだ。彼らは王家を牛耳るだけでなく、魔術を専有することまで目論《もくろ》んでいる。はっきりとそう言われたわけではないが、「下賤《げせん》な者に過ぎた力を与えても良いことはありません」と言い切ったところに、彼らの性根がよく現れている。

「すごいだなんて……私はただ、広く学びの門戸を開いていれば、より多くの魔術師を育成できると考えただけですよ。魔術でこの国を豊かにするのなら、当然のことです」

「自分たちだけの利益ではなく、国の利益を考えられるのが素晴らしいよ。やはり未来の王妃そして国母になるのは君しかいないよ、アン」

「んっ……ギュンターさま……」

あまりにもアンネマリーが素晴らしく可愛いものだから、我慢できずに口づけてしまった。口づけが甘いジャムの味がすると感じた途端、劣情が顔を覗かせたが、どうにかこらえて唇を離す。

「よかったら、兄上たちの結婚式が落ち着いたあとにでも、ご婦人たちを集めて魔術学校を作るなら何が必要かとか、どんな学校にしたいかということを話し合ってみてよ。学校を創るに当たって、様々な意見が欲しいんだ」

頬を染め目を潤ませていたアンネマリーだったが、髪を撫でてなだめるように伝えると、途端に表情を引き締めた。

「わかりました。領地で孤児院や救貧院の運営をされている方もいますし、学校に関わっている方もいます。だから、いろいろな話を聞けると思います」

「頼んだよ」

とろけている顔も可愛いが、使命を与えられてキリッとした顔もまた愛おしい。

いつまでも一緒にいたいと思うものの、これ以上一緒にいたらまた組み敷いてしまいそうだ。

だからギュンターは朝食を済ませると、後ろ髪を引かれる思いでリーベルト家の屋敷をあとにしたのだった。

＊＊＊

二人は立太子の儀を迎える前に、クリスティアンとゾネンレヒトの女王陛下の結婚式への参列という大仕事を与えられていた。

本来ならば友好国、しかも自国より立場が強い国へ参じるのは国王の役目だろう。

だが、今のリオン王国の情勢を鑑みて、国王が国を離れるのは難しいと判断され、第二王子であるギュンターと婚約者のアンネマリーが名代を務めることになったのだ。

アンネマリーはギュンターとともに、祝いの品々を携えてゾネンレヒトにやってきた。

国賓として隣国に招かれた経験などこれまでなかったから、ひどく緊張した。

隣国行きが決まった直後から、アンネマリーも本格的な妃教育が始まった。礼儀作法や教養としての歴史や語学の授業、政治や経済に至るまで、〝国を代表する淑女として恥ずかしくない程度〟になるようにと、みっちり鍛えられた。

だから、滅多《めった》なことをしでかさない限り問題ないとわかっているのだが、緊張するのは仕方がない。

その点、ギュンターは堂々としたものである。

やはり四年間、自国を離れて学んでいただけあって、彼の振る舞いは慣れていて落ち着いていた。

アンネマリーは自分の不甲斐《ふがい》なさに落ち込むとともに、彼の頼もしさも感じられて嬉しかった。

「きれい……」

式は、ゾネンレヒトの王都にある、大聖堂で執り行われた。

純白の衣装を纏った女王陛下が、王配となるクリスティアンとともに入場してくると、来賓は息を呑《の》んだ。

純白の衣装の表面には無数の宝石が縫いつけられており、それらが光に当たってキラキラと輝くのだ。

袖が大きく膨らみ、腰のあたりから大きく広がった裾を後ろに流している意匠は伝統的なものだが、古臭さを感じさせないのはその見事な縫取りのおかげだろう。

だが、何と言ってもそのドレスを身に着けている女王陛下自身が、輝くばかりの美しさであることは大きい。

栗色《くりいろ》の豊かな髪に森を思わせる深い緑の瞳が目を引く、愛らしく可憐《かれん》な女性だった。

「さすがは国を統べる立場にある方だ。可憐なのに、隙がないね」

隣にいるギュンターが、そっと耳打ちしてきた。アンネマリーも同意して頷く。

「こうして見つめているだけでも、芯の強さを感じさせられる方ですね」

「ああいう人をマギレーベンでは〝鋼鉄の花〟と呼ぶんだ。まあ、たおやかなだけでは人の上に立てるわけがないからね」

彼の言葉に、アンネマリーはもう一度頷いた。女王陛下を表す言葉にこれ以上しっくり来るものはないだろうと思ったのだ。

美しく可憐だが、その花はたやすく手折られることはない。女性としての理想を彼女の姿に見た気がして、何だか背筋が伸びる思いだった。

クリスティアンと女王陛下は神官の前で誓いの言葉を交わし、大勢の人々に祝福されて夫婦となった。

大聖堂を出て、二人は今度は豪華な馬車に乗って市中をパレードするのだという。

来賓はその間、披露宴までの間ゆっくり休むことになる。

「とてもいい式でしたね。華やかで、それでいて厳かで……何と言っても陛下がお美しかったです」

控室の長椅子で少し楽な姿勢を取りながら、アンネマリーはしみじみと言った。

「そうだね。当たり前だけれど魔術による演出がなくても、人々の胸を打つ演出はできるんだなと。いや、この国の場合は財力か……」

花嫁の美しさに感動しているアンネマリーに対し、彼は式の演出について思いを馳せているらしい。目を向けるところが違うのだなと思って、何だかおかしくなってしまった。

もし女王陛下の美しさにばかり注目されてしまったら妬《や》けるだろうが、こうも興味がないのはなぜなのだろうかと気になる。

「ギュンター様は、陛下の花嫁姿を『美しい！』って思って感動なさらなかったの？」

「美しいとは思ったけれど、僕にとってはアンが一番美しいから」

アンネマリーの質問に、ギュンターは即答する。だが、アンネマリーはそれで納得できなかった。

「もう。そうやってお茶を濁そうとして……」

「お茶を濁そうとかそんなつもりはなくて、本心だよ。僕がいかに一途《いちず》なのか、君はちゃんとわかってくれていると思っていたのだけれど」

ギュンターはそう言って、じっと見つめてきた。

彼の一途さを疑ったことなどないつもりだが、彼はそう思ってはいないようだ。

「マギレーベンに留学中に、いろいろお誘いはあったよ。隣国の王子だし、年頃だし。いずれ帰国してしまうから、僕を〝火遊び〟の相手にはちょうどいいと思う女性もいたようだ。でも、僕はそんなものに目もくれず、ずっと君だけが好きだったんだよ」

琥珀色の瞳で見つめながら、ギュンターはアンネマリーに言い聞かせるように言う。

帰国してからの彼が自分を好きでいてくれたのは知っていた。だが、離れている間もそんなふうに思われていただなんて、想像したこともなかった。

いつも送られてくる手紙は簡素で、それゆえ幼馴染の延長で婚約者になったのだと思っていたから。

そして、彼がマギレーベンでとっくに大人になっていたと思っていたから、そうではなかったと知って純粋に驚いたことを思い出した。

「……ギュンター様、あの夜、とても慣れていらっしゃったから、私はてっきり経験豊富なのかと……」

女性には純潔が求められるが、男性はそうではない。だから、結婚までに年相応に〝経験を積む〟のが当然とされている。

そのため、考えないようにはしていたが、ギュンターにマギレーベンでそういう相手がいてもおかしくないとは思っていたのだ。

だが、彼はそういった存在はいなかったと明言した。

「実地経験はないけれど、ずっと頭の中で考え続けたよ。君をどんなふうに抱くのかって……実際に君を抱いたら、想像の何倍も美しくて、可愛くて、気持ちがよくて……僕は自分の想像力がいかに乏しいか思い知らされた」

「んっ……」

顔が近づいてきたかと思うと、口づけられた。すぐに舌を差し入れられて、口内をねっとりかき回される。

彼に快楽を教えこまれたアンネマリーの体は、口づけだけですぐに高められてしまう。歯列をなぞられ、舌を絡められる感触が気持ちよくて、もっととろかされたくてたまらなくなる。

「可愛い顔してる。ここが控え室でなかったら、今すぐ食べてしまうのに」

唇を離してから、舌なめずりでもしそうな顔で言われて、アンネマリーは体の奥が疼くのを感じた。まだどこも愛撫されていないのに、体が勝手に準備を始めている。

「……ゾネンレヒトにいる間は、だめですよ」

本当はすぐにでも貪りたいという顔を彼がしていたから、アンネマリーは目をそらしつつ言う。自分も同じように熱っぽい顔をしているのはわかっているから、目を見て言うことはできなかった。

「帰国したら、たっぷりね。君と離れて過ごした四年間に溜《た》まりに溜まった欲望が、ちっとも収まりそうにないんだ。むしろ、君を知るたび強くなる」

「……っ」

耳に息を吹き込まれ、アンネマリーは声が漏れるのをこらえた。耳が弱いと知られてしまっているから、隙あらばこんなふうに責められてしまうのだ。

披露宴までの間、ギュンターと二人きりで悶々《もんもん》とした思いを抱えることになったものの、その後の時間は楽しく過ごすことができた。

そして、あっという間に帰国のときを迎えた。

「クリスティアンという素晴らしい人を夫に迎えることができて、わたくしは幸せ者です。これを機に、両国の関係がますます深まることを願っています」

わざわざ見送りに来てくれた女王陛下が、幸せそうに言った。そっとクリスティアンの腕に手を添える姿を見ると、彼のことを本当に好きなのが伝わってくる。

「またすぐに遊びに来てほしい。ギュンターとアンネマリー嬢ならいつでも大歓迎だ。まあ、お前たちはすぐに子どもができてしまいそうだから、しばらくは好きに移動ができないかもしれないが」

クリスティアンに冷やかすように言われ、アンネマリーは頬が熱くなった。ギュンターがアンネマリーを熱心に可愛がっていることは広く知られているのだが、それを改めて実感すると恥ずかしい。

「お二人の子どもはさぞや優秀でしょうね。ぜひわたくしたちの子どもの嫁や婿に欲しい。今から約束をしておこうかしら」

「すぐに良い報《しら》せを届けられる予定ですので、お楽しみに」

女王陛下のからかいにギュンターが真顔で応じるから、冗談なのかどうなのかわからない。もしかしたら本気で言っているのかもしれない。

仲のいい姿を最後まで見せつけるクリスティアンと陛下に見送られ、アンネマリーたちはゾネンレヒトを出国した。


ゾネンレヒトからリオン王国に戻ってすぐ、アンネマリーは身動きが取れなくなっていた。

忙しいという比喩ではなく、はたまた疲労で動けないということでもなく。

王城の離宮に戻るや否や、ギュンターに寝台に押し倒されていた。

長旅から帰ってようやく旅装を解いたばかりだというのに、彼は口づけの雨を降らせてくる。アンネマリーはそれに対して息継ぎの合間に文句を言おうとするも、言葉よりも可愛い啼き声のほうが多い。

「んっ……んぅ……ギュンター、さまっ……まって……ぁうっ……ぁっ」

唇を貪るように重ねて、舌で口内を弄られて、二人の唾液が混じり合ったものが飲み下せず滴り落ちるほどになった頃、ようやく彼はアンネマリーを解放した。

だが、それは次の段階に進むためだ。

「きゃっ……だめです！　ギュンター様っ」

「ひと月ぶりに君を抱くんだ。服を着たままなんて嫌だよ」

恥じらうアンネマリーを押さえつけ、彼は着ているものを脱がせていく。恥ずかしがってはいても本気で嫌なわけではないから、あっという間にドレスも下着も脱がされてしまう。

「だめです……お風呂に入ってからでないと……」

自身の服を脱ぎ始めたギュンターに、アンネマリーは両手で体を隠しながら言う。だが、それで彼が言うことを聞いてくれるわけがない。

「お風呂だったらあとで入ればいい。二人でゆっくりね」

裸になった彼は、にっこり微笑んで言う。彼の中心では欲望の証が屹立《きつりつ》していた。

それを見て、はしたないと思うもののアンネマリーは自身の下腹部が疼くのを感じる。

「アン、隠していないで君の美しい体を見せて」

彼はそっと、アンネマリーの手首を摑んで体を隠すのをやめさせた。それから、今度は唇以外の場所に口づけ始める。

「あっ」

首筋を舐められただけなのに、アンネマリーの口からは甲高い声が漏れた。全身で期待してしまっていて、どこもかしこも快感を拾うのだ。

胸を弄りながら、彼はひたすら首筋と鎖骨のあたりを舐めている。自分で触れても何も感じないのに、彼の唇も舌もどうしようもなく気持ちがいい。

「アン、可愛い声で啼くね。どこが気持ちがいいの？」

「あっ……わからな、ぃ……んんっ……」

耳に吐息を吹き込みながら、ギュンターはアンネマリーの胸の頂を指先で強く摘んだ。期待にぷっくりと膨らんだそれは、指先で押し潰すようにして触れると、強烈な快感を与えてくる。

胸はアンネマリーの好いところだが、首も耳も気持ちがよくて、どこがいいかと聞かれると答えに困ってしまう。

「『わからない』じゃだめだよ。君が気持ちいい場所を教えて？　たくさん可愛がってあげるから」

そう言いながら、彼は硬くなった自身をアンネマリーの下腹部に押しつけてくる。そんなふうにされるだけでも彼の大きさを感じてしまって、アンネマリーの蜜口と子宮は甘く疼く。

「……む、胸が、いいです……」

ぐり……と屹立を押しつけられるのがたまらなくて、アンネマリーは恥じらいながら答えた。これまでの彼との行為で、素直にならなければいくらでも焦らされるのを知っているからだ。

ゾネンレヒトへの道のりと滞在中を合わせると、一ヶ月以上触れ合えていない。そのせいで、彼の匂いを嗅ぐだけでアンネマリーはすっかり体が高まっていた。

焦らされるのはつらい。早くたくさん可愛がってほしい。だから、恥ずかしくても素直に口にするしかない。

「そうだよね。アンは胸を可愛がられるのが好きだよね」

「あぁっ」

ギュンターはアンネマリーの胸に顔を埋めると、そこに鋭く吸いついた。

チュッと音が立つように強く吸いながら、舌先で胸の頂で期待に膨らんでいる蕾《つぼみ》のような突起を愛撫する。もう片方の乳房は、彼の手の中でやわやわと形を変えられていた。

それだけで気持ちがよくて腰が自然と揺れてしまって、彼の硬いものに自ら押しつける格好になる。

「おねだり可愛いなぁ……でも、もっともっと気持ちよくなって、たくさん濡れないと挿れてあげないよ」

「んんっ」

なだめるように腰を撫でられて、アンネマリーの体は跳ねた。どこに触れられても気持ちがいいから、彼に触れられること自体が愛撫になってしまっている。

胸の頂を舌先で愛撫されるたびに、アンネマリーの体の中には快感の波が少しずつ押し寄せて来ていた。今はさざなみだが、やがてこれが大きな波になるのを知っている。

「可愛い胸と一緒に、ここも触ってあげようね……って、もうずぶ濡れだ」

彼の手が、秘処へと伸びてきた。そこは、ほんの少し指先が触れるだけでもすっかり濡れているのがわかってしまう。

「はぅっ」

秘裂を撫でて蜜をとらえた彼の指先が、花芽を擦った。敏感なそこは、少し撫でられるだけでも快感を拾ってしまって、アンネマリーの腰は激しく跳ねる。

「ああ、もう……かわいいな。そんなに腰をふりふりされたら、すぐに挿れたくなるだろ？」

くちゅくちゅと指先で花芽を捏ねながら、ギュンターは笑っていた。彼は行為の最中よく笑う。彼のその妖艶な表情が好きで、アンネマリーは恥じらいながらもどうすれば彼をもっと笑顔にできるのか考える。

「ギュンターさま……もぅ、だいじょうぶなので……っ、挿れてください……あぁっ」

「だめ。一回アンがイッてからね。達したばかりのアンの中、柔らかくうねって絡みついてきて気持ちがいいんだ。だから、イッたら挿れてあげる」

「ん、ふっうぅんっ……」

ギュンターはアンネマリーの秘処に顔を埋めると、花芽を思いきり吸い上げた。それだけで軽く達してしまいそうになるのに、さらに秘裂には指を突き立てられ、激しく抜き挿しされる。

口づけと胸への愛撫で期待が高まっていたアンネマリーの体は、花芽と蜜壺を同時に可愛がられることでさらに高まってきていた。

蜜がどんどん溢れ、抜き挿しされるごとにかき混ぜられる。

「あぁっ……ギュンターさまぁっ……ぁんっ……あ、ぁあんっ、あっ……」

指はいつの間にか二本に増やされていて、激しくかき回されていた。それの刺激と花芽への愛撫で、アンネマリーは快楽の階段を駆け足で上りつめていく。

それがわかっているからか、彼の指先がアンネマリーの蜜壺の中の好いところを揃えた。二本揃えた指先でぐっと押し潰されたその瞬間、腰から弾けたように快感が全身を駆け巡り、瞼の裏が真っ白になった。

「ふ、ぅううんっ――！」

ギュッと彼の指を食い締めたアンネマリーの蜜口から、勢いよく飛沫が上がった。透明な雫《しずく》は、花芽を舐めていた彼の顔を容赦なく濡らす。

彼は顔を上げると、滴る雫を手の甲で拭った。先ほどよりも笑顔になっている。

「……アン、潮吹いちゃうほど気持ちよかった？」

「……あ……ごめんなさい……」

「謝ることないよ。僕が君を気持ちよくしてあげたくてやったんだから。女の子は気持ちよくなるとこうなってしまうんだ」

うっとりするように微笑んでから、ギュンターはアンネマリーの両脚を左右に開かせた。指でほぐされればぱっくりと口を開けた秘裂が、蜜を溢れさせながら彼を誘う。

彼は自身の先端を蜜口にあてがう。これからひと息に奥まで突かれるのだと思って、アンネマリーは蜜口と子宮を疼かせた。

だが、彼は剛直を秘裂に押し当てると、擦りつけるように腰を動かし始めた。

「あっ……あ、……ギュンターさま……？　あぅ……んっ」

気持ちがいいものの、期待していたものとは違い、アンネマリーの顔には戸惑いの表情が浮かぶ。

そんなアンネマリーを見て、ギュンターは目尻を下げて嬉しそうに笑っている。

「アンの困った顔……可愛いなぁ。挿れてほしい？」

聞かなくてもわかることをあえて尋ねてくる彼は、少し意地悪だ。だが、彼にそんなふうに意地悪をされても体が疼いてしまって、アンネマリーは頬を染めて頷く。

「ほしい、です……気持ちがいいけれど、全然足りなくて……」

「じゃあ、挿れやすいように自分で脚を持てる？」

どんな格好をさせられるのかわかって、アンネマリーの顔はさらに熱く赤くなる。両脚を大きく開いて秘処を晒しているだけでも恥ずかしいのに、彼は自らその姿勢で固定しろと言うのだ。

淑女でありなさいと育てられてきたのに、ギュンターの前ではどんどん淫らにさせられる。

行儀よく躾《しつ》けられた心が彼の指示に抵抗を覚えるのに、言うとおりにすれば気持ちよくしてもらえるとわかっているせいで、恥じらいつつも従ってしまう。

「……ギュンターさま……」

膝裏を持って、自身で両脚を開いた姿勢を支える。そうすると、自然と秘裂を彼に突き出すみたいになる。目を潤ませ、頬を染めて大きく脚を開く自分は果たして淑女だろうかと、発情した心の片隅でふと思った。

だが、彼にこんなふうにさせられるのは決して嫌ではないのだ。

「恥ずかしくてたまらないって顔をしているね」

覆い被さってきながら、ギュンターがくすりと笑った。その笑いに嫌な意図はないとわかりつつも、羞恥を煽《あお》られる。

「だって……こんな格好……」

「そうだよね。君は王太子妃になる人だ。淑女のお手本たる女性でいなければならない君が、こんなふうに発情しきって恥ずかしい格好でおねだりしているなんて、大変なことだよね」

「……っ」

なんて意地悪なことを言うのだろうと思って、アンネマリーの目はますます潤んだ。だが、それでも自ら脚を開いたまま動けずにいるのは、淑やかでも何でもなく、淫らなのが自分の本性なのだと思い知らされたからだ。

「……ギュンターさまは、こんなはしたない私は、嫌いですか……?」

尋ねながらも、媚びるように腰が揺れた。目の前の剛直で早く奥の奥まで貫いてほしくて、その気にさせようと腰をくねらせてしまう。

そんなアンネマリーを満足げに見つめながら、ギュンターは優しく首を振る。

「嫌いなわけがないだろう？　むしろ、普段淑やかな君が僕の前だけでこんなに乱れるのが、愛しくてたまらない」

「んっ……あ、あぁ……」

屹立の先端を蜜口に押し当てると、ギュンターはゆっくりとアンネマリーの中に入ってきた。

期待に潤んだ濡れた襞の間を、剛直が分け入ってくる。締めつけるのに、それは拒むわけではなく奥へと迎え入れる。

「こうやってアンの中で締めつけられると、受け入れられている、僕の居場所はここにあるって感じるんだ……あぁ、気持ちがいい」

奥の奥まで貫くと、ギュンターは激しく抜き挿しを始めた。アンネマリーをさんざん焦らしつつも、彼だって我慢していたのだろう。

「あっ……あぁんっ……んぁ、あっ……」

アンネマリーも、待ちに待った快感が訪れて悦《よろこ》びに震えていた。

彼のものが隘路を分け入って奥に届くだけで気持ちがいい。腰を大きく引いたときに彼のものの嵩高い部分が敏感な場所を擦りあげるのがたまらない。

彼に体を激しく揺さぶられるうちに、恥ずかしいだとかはしたないだとかいう気持ちは薄れていく。絶頂に達するたび、もっと快感が欲しくなって、彼に気持ちよくなってもらいたくて、それしか考えられなくなる。

「……何度も達して、アンの中、ずっと締めつけてくるっ……僕も果てそうだ……」

落ち着こうとしているのか、それともさらに高ぶらせようとしているのか、大きく口を開けてまるでアンネマリーの小さな唇を食べてしまうかのような激しい口づけをギュンターはしてきた。

果てていい、早く中に子種を注いでほしいと思うものの、言葉を封じられてそれを伝えることができない。

だから、膝裏から手を離し、彼の背中に抱きつく。そして、両脚を彼の腰に絡めた。

何度も達しているアンネマリーの内側は、甘美に震えていた。甘く切ないその締めつけは、ギュンターを絶頂へと誘う。

「……はっ……」

ほんのわずかに唇が離れたその瞬間、彼は熱い吐息を漏らした。その直後、奥まで深々と貫いた彼のものがドクッと脈打つ。

アンネマリーは濡れた肉襞で彼を抱きしめながら、彼が自分の中で何度震えたかを数える。ドクッ、ドクッ、ドクッ……と脈打つたびに子種が注がれているのだと思うと、愛しさに子宮が甘く疼いた。

「さぁ、お待ちかねのお風呂だよ」

脈動が収まるまでじっとしていたギュンターだったが、ゆっくりとアンネマリーの中から出て行ったかと思うと、寝台から起き上がり、アンネマリーを抱きかかえた。

彼の足が目指すのは、部屋に併設されたバスルームだ。

最初、離宮の中のこの一室を与えられたとき、いつでも温かいお湯が楽しめるこの浴室を夢みたいに素晴らしいとアンネマリーは思っていた。だが、今は彼がなぜこのような造りにしたのかわかる。

「ギュンターさま、あの……少し落ち着いてからっ」

「アンネマリー、暴れないで。汚しちゃったから、きれいにしてあげたいだけだよ。まあ、またすぐ汚すんだけどね」

恥じらってジタバタするアンネマリーを軽くあしらってから、彼は浴槽まで運んでいく。浴槽にまずアンネマリーを座らせてから、蛇口をひねる。温かなお湯が満たされていくのを感じながら、アンネマリーはほっと息をついた。

「アンはお風呂で気が緩むとそんな顔をするのか。いいね、新鮮だ」

「あ、あまり見ないでください……気が緩んでいる淑女らしくない姿なんて、恥ずかしいですから……」

隣に腰を下ろした彼にニヤニヤと見つめられて、恥ずかしくてそっぽを向いた。広々とした浴槽は、そんなふうに背を向けても大丈夫なほど大きい。

「今さら恥じらうことでもないのに。だって、僕に抱かれているときの君は、もっととろけた可愛い顔をしているんだから」

「……言わないで」

「言うよ。いかにアンが可愛いのかを僕が言わなかったら、一体誰が君に教えられるっていうの？」

「……っ」

後ろから抱きしめて、耳を甘噛みされながら言われた。たったそれだけのことで、また体が疼いてきてしまう。

浴室に連れてこられたときから、再び抱かれるのはわかっていた。期待もしていた。裸でいるのに、触れ合わない理由がない。

「疲れているだろうから、僕が洗ってあげるね」

「は、ぁっ……」

いつの間にか彼の手には洗うための布が握られていて、石鹸《せっけん》でよく泡立てたものを肌の上に滑らされていく。

心地よい温度のお湯の中で優しく体を洗われるのは気持ちがよくて落ち着くはずなのに、彼に触れられるのを特別だと思ってしまっているせいか、アンネマリーの口からはあられもない声が漏れる。

「アン、気持ちがいい？」

「はい……はっ、あぁっ……」

「ここ、好きだよね」

布を軽く当てて胸の頂を擦られて、感じてしまった。頂はもうずっと充血して膨らんだままで、ピンと上を指している。快感を感じ取るその敏感な部位を意味深な手つきで触れられれば、アンネマリーの体はたちまち期待に熱を持ち始める。

「体をきれいにしてあげているだけなのに、そんな甘い声を出しちゃって……よほど僕に食べられたいんだね」

「ちが……」

「でも、さっきから僕のものにお尻を擦りつけてきてるでしょ」

「……っ」

無意識の動きを指摘されカッと顔が熱くなるのを感じた。彼のものが当たっていると思っていたが、自ら当てていたつもりはなかった。だから、恥ずかしくて逃げ出したくなる。

「……もぅ、上がりますっ」

「まだ洗えてないだろ？　——ほら、ここはこんなにぬるぬるだ」

「ぁんっ……それは、さっきギュンターさまが、出したからっ……」

「じゃあ、きれいにするために僕が注いだものをかき出さないとね」

「ひっ……あっ、だめっ……ぁあんっ」

立ち上がって逃げ出そうとしたのに、蜜壺に指を挿れられ、アンネマリーは再び湯の中に崩れ落ちた。ぐずぐずにとけたそこは難なく彼の指を呑み込み、かき回されるたび嬉しくてキュンとする。

先ほど寝台でさんざん快楽に溺れさせられた余韻は残っていて、指でかき回されるだけでまた気持ちよくなってしまう。

「おかしいな。僕が注いだものはとっくにかき出したと思うんだけれど、次から次に溢れてきて、アンネマリーのここは全然きれいにならないね？」

「んっ、だって……あぁっ……ぁんっ……」

ずっと快感を与えられているのだから、蜜が止まるわけがない。わかりきっているのに、彼はわざわざそんなことを言う。

　恥ずかしがるアンネマリーの反応を見て、楽しんでいるのだ。

「『だって』どうしたの？」

「ギュンターさま、がぁっ……指で、気持ちよくするからっ……」

「きれいにしてあげているだけだよ？」

　優しい声で言いながら、彼は二本に増やした指を素早く抜き挿しした。肉襞を擦り、弱いところを重点的に責め立てる指の動きに、アンネマリーは快感から逃れようと浴槽の縁に手をつく。

　だが、そうすると彼に尻を突き出す格好となる。またしても無自覚に、彼を誘う仕草をしている。

「アン……なんて淫らで可愛いんだ。ぱっくり口を開けて、奥が充血しているのがわかるよ」

「や……見ないで……」

　背後は見えないのに、自分の恥ずかしい場所に彼の視線が注がれているのを感じてしまう。見られていると思うと、さらに奥からトロリと何かが溶け出す気がして、下腹部が疼いた。

「そうだね。もう、見るのはやめようかな」

彼が湯から立ち上がる音がした。だが、すぐに背後から腰を摑まれてしまう。

彼はアンネマリーの腰を摑んで動けなくすると、硬くなった自身を押し当ててくる。

「見るのはやめて、またここに子種を注いであげようね。さっき出したぶんはすべてかき出してしまったから」

「あっ……ふ、あぁッ……んんっ……」

太く硬いものがまた押し入ってくるのを感じて、アンネマリーの体は震えた。

恥じらっていても、逃げ出そうとしても、心の奥底ではこの瞬間を待ち侘《まわ》びていたのだ。

「──んッ、ひ……うぅぅ……んっ！」

ぐちゅんと最奥を抉《えぐ》られた瞬間、アンネマリーは達した。

ゾワゾワとした怖気にも似た快感の波が肌の表面を走り抜けていき、全身を駆け巡ったのちに、やがて大きな波となって戻ってくる。

「アン……なんて締めつけなんだ……食い千切られそうだ……」

そんなことを言いながら切なく熱い吐息をこぼすギュンターは、まだまだ余裕がありそうだった。

実際、一度精を放っているから、彼の果てはまだ先だった。

とはいえ、絶頂から下りてこられなくなっているアンネマリーの内側の締めつけは強烈で、何度も歯を食いしばりながら果てを先延ばしにしていた。

油断すると、キュンと締めつける蜜壺に奥の奥まで誘い込まれてしまう。まだアンネマリーを啼かせたくて、彼自身ももっと快楽を貪りたくて、その熱烈な誘いに応じるわけにはいかなかったのだ。

激しく抜き挿しして、さんざんアンネマリーを啼かせて、ギュンターが二度目の射精を迎える頃には、アンネマリーはのぼせてフラフラになってしまっていた。

旅疲れもあったのだろう。湯から運び出され、浴布でしっかり体を拭かれて寝台に横たえられたときには、小さな寝息を立てて眠っていた。

とはいえ、ひと月以上我慢した欲望が二度果てたくらいで解消されるはずもなく、それからギュンターがアンネマリーの中から出て行ったのは空が白み始める頃だった。

第五章

夜が明けてから帰城すると、すぐに従者が駆けてきた。帰国後すぐに離宮に篭《こも》ったから小言でももらうのかと思ったが、どうやら違うらしい。

「クリスティアン殿下がお呼びです」

「兄上が?」

従者から手鏡を渡され、慌てていた理由を理解した。鏡面を覗くと、すでに兄との通信が始まっている。兄がギュンターを呼んでいるのに当の本人が不在でなかなか戻らなかったため、やきもきしていたのだろう。便利ではあるが、時間制限のある魔術だ。

「お待たせしました、兄上」

『朝帰りとはいいご身分だな。それで、愛《いと》しの婚約者殿と楽しい時間を過ごせたのか?』

「うん、それはもう。昨夜も可愛《かわい》かった」

『惚気《のろけ》るなよ。私だって愛しの女王陛下と睦《むつ》まじく過ごしたいところを、リオン王国のために奔走しているのだからな』

嫌味《いやみ》をものともせずギュンターが惚気ようとすると、クリスティアンは鏡の向こうで嫌な顔をした。

本当はいかにアンネマリーが可愛かったのか語りたかったが、新婚で多忙のはずの兄がわざわざこうして連絡してきているのだから、時間は無駄にできない。

「急ぎの連絡ということは、何かわかった？」

『いや。正直まだ尻尾は掴《つか》めないな。向こうも周到にやっているという感じだ。さすがは、腐っても公爵家』

水を向けると、兄は困った顔をしていた。だが、手ぶらで連絡してくるような人ではない。おそらく何かあるのだろう。

「たぶん、兄上がゾネンレヒトに婿入りしたのに乗じて、国の体制を自分たちに都合のいいように変えようとしているんだ。僕の妃《きさき》の座に娘をつかせたくて必死だよ」

『シュレーゲル家の娘を妻にしたら最後、子どもができた途端、お前も父上も殺されるぞ。そうすれば、幼い王の後見人として政治に口出しし放題だからな』

「簡単に言えば、それが狙いなんだろうなぁ」

物騒な話に苦笑いするも、ギュンターもクリスティアンもこれが冗談だとは思っていない。そのくらい、国内で公爵家が増長しているのを感じていた。

『恐ろしい未来を阻止するためには、やはり国内の不穏分子は排除しておきたい。いろいろ探った結果、公爵家自身には動きがないが、彼らと繋《つな》がりがある商人たちにはよくない動きが見られるな』

「何？　他国経由で武器でも買いつけていたの？」

『組み合わせれば武器になり得るもの、かな』

本題を切り出され、ギュンターは表情を引き締めた。

おそらく、ひとつひとつの品を見ても何も罪に問われないものを集めているということなのだろう。

たとえば、それら単品では無害な薬草類でも、組み合わせれば毒になるというものだとか。あるいは、金属を含む鉱石なんかだとか。

武器そのものを買いつければすぐにこちらも察知するが、雑多な商品の中に紛れさせて購入すれば、周りの目を欺くことはできる。

『向こうの考えそうなことは読める。だが、相手は急いで事を起こすほど愚かではない。だから、長期戦になるのも覚悟だろうな』

鏡の向こうで憂鬱そうに言う兄に対して、ギュンターは首を振った。

「僕はそんなのに付き合う気はないから、少し強めに刺激したよ。おそらくこれで、相手は派手に動くようになるはずだ。そこで一気に叩《たた》く」

ギュンターは、現在あちこちに仕掛けているものについて考えながら言った。

アンネマリーと結婚するに至って、懸念事項はすべて排除しておきたい。そのために、打てる手はすべて打っている。

今のところ、国内で最も勢力を誇る四大公爵家のうち、注視しなければならないのはシュレーゲル家だけだ。だが、シュレーゲル家がおかしな動きをするのを放置していれば、ほかの家を増長させることになりかねない。

だから、シュレーゲル家を叩くことでほかの公爵家への牽制《けんせい》にもなるのだ。

『お前は物騒なやつだな。穏便に済ませられる道を模索する気はないのか？』

鏡の向こうで、クリスティアンが心配そうな顔をしていた。国の利益のためにゾネンレヒトへ婿入りを決めた兄に言われると、少し嫌な気分になる。

彼の言う〝穏便に済ませられる道〟というのが、ギュンターの望むものではないとわかっているからだ。

「兄上は、シュレーゲル家以外の公爵家から妻を娶《めと》れと言いたいんだろ？　でも僕は、アンネマリー以外を妻にする気はない。……自分たち以外の家の者が未来の王妃になるのを阻止するために暗躍する家のやつらなんて、国母に相応《ふさわ》しくないからな」

クリスティアンの言葉だとシュレーゲル家以外の公爵家ならマシというように聞こえるが、ギュンターはそうは思っていない。国益より自分たちの利益を気にするような連中なんて、どこもそう大差ないだろう。

それに引き換え、リーベルト侯爵家は違う。リーベルト侯爵は根っからの国王贔屓《びいき》だし、アンネマリーは国が豊かになるにはどうしたらいいかを考えてくれている。ギュンターの中でアンネマリーほど王妃に相応しい人はいない。

『立太子を嫌がっていたお前が、国母を語るようになるとは……』

「茶化《ちゃか》さないでくれよ。立太子が嫌だったのは、あまりにも話が突然だったからだ。きちんと根回ししてくれれば、ごねずにすぐ納得したさ」

『わかっているよ。それにしても……頭の痛いことだな。いつからこの国は、こんなことになってしまったんだ』

クリスティアンが溜《た》め息《いき》まじりに言うのを聞いて、ギュンターも頷《うなず》いた。

貴族が国や民のことより自分たちのことを考えるようになれば、国は終わりだ。何のために領地と、それを治めるための爵位を与えているのかわからない。

「僕はただアンネマリーと幸せになりたいだけ。そして、彼女と結婚することが何よりもこの国のためになるんだ」

『そこは否定しないよ。ただ……お前は大事なものを守るためにその大事なものすら危険に晒《さら》すのではないかと心配なだけだ。無茶《むちゃ》だけはするなよ』

「うん。また何かあったら連絡して。僕も動きがあり次第伝える」

鏡の中の像が乱れ始めたため、そこで通信を終えた。手鏡は便利な魔術道具ではあるが、そこまで長話をできるようにはなっていない。まだ改良の余地があるものだ。

だが、限られた時間の中でも情報交換ができたのはよかった。国内から探るだけでは入手できない情報も、隣国にいる兄なら手に入れられる。それはかなり助かっている。

（明日にでも、もう一度アンに会いに行くか。こちらが思うより早くシュレーゲル家が動き出すと厄介だからな）

クリスティアンからもたらされた情報から、想定していた最悪の事態が起きるのを懸念して、ギュンターはそう考えた。

向こうが最悪の手段を選ぶというのなら、こちらも一番穏便ではない手を選ぶしかなくなる。憂鬱な気持ちで溜め息をついた。

一晩中あれこれ準備して、ギュンターは翌日、アンネマリーのもとを訪れた。

いつもは隙のない彼女が、今日は何だか眠そうだ。だが、目だけはキラキラしていて、ギュンターを見ると嬉《うれ》しそうにした。

「ギュンター様、来てくださって嬉しいです」

「君にそんなに喜んでもらえるなんて、来た甲斐があったな。何か用があった？」

「お見せしたいものがあって」

ギュンターが通されたのは応接室だったのだが、彼女は大量の書類を持ち込んでいた。それを嬉々《きき》として見せてくる。

「以前、ギュンター様が魔術学校を作るには何が必要か、どんな学校にしたいかご婦人たちを集めて話し合ってほしいとおっしゃったでしょう？　ですから、皆様と話し合うために必要な計画書のようなものを作ってみましたの」

「へぇ……」

渡された書類に目を通すと、それはアンネマリーの言うように計画書だった。

魔術大国マギレーベンの魔術学校の成り立ちに始まり、リオン王国で魔術学校を作る意義、魔術および魔術師に期待すること。

「いきなり『魔術学校を作るとしたら』なんて話をしたら、きっと皆様驚いてしまうでしょう？　ですから、まずマギレーベンではどのような仕組みで運用されているのかだとか、どのような学校があるかを紹介して、少しずつ考えてもらうのが良いかと思いまして」

「なるほどな……よくまとまっているね。マギレーベンのことはどうやって知ったの？」

彼女がこの手の文書を取りまとめるのが得意だったことにも驚いていたが、何よりもギュンターを驚かせたのはマギレーベンについての知識だ。

「実はギュンター様が留学されたあと、どんな国にいらっしゃるのだろうと調べるうちに、手元に資料が集まってしまって……あくまでも、書物で得た知識でしかありませんが」

「翻訳されているマギレーベンの書物はあまりないだろう？　もしかしてアンは、マギレーベン語を習得したの？」

「読むだけは、何とか……話すことはできないのですよ！　辞書を駆使してどうにか読み書きだけ……」

アンネマリーは何だか恥ずかしそうに言うが、ギュンターは彼女の聡明《そうめい》さに驚いていた。何より、彼女が婚約者の留学先だからという理由でマギレーベンについて学んでくれたのが嬉しい。

「僕がマギレーベンにいた四年間、君も学んでいてくれたんだね。すごいよ」

「婚約者ですもの。ギュンター様が異国で学んでいる間、私がもし何もしなかったら……

隣に並び立つことはできなくなるでしょう？　それだけは嫌だったのです」

無意識だろうが、彼女があまりにもいじらしいことを言うため、ギュンターは感激でどうにかなってしまいそうだった。

ギュンターがアンネマリーを愛しているのは、彼女がこんなふうに勤勉で誠実だからだ。美しく聡明で、その上努力家である彼女こそ、やはり未来の王妃に相応しい。

自分のほうがアンネマリーより王妃に相応しいと思い込んでいる連中に、彼女の爪の垢《あか》でも煎じて飲ませてやりたい気分だ。

ギュンターの中で彼女以外は欲しくないという思いが、ますます強まった。

「ありがとう、アン。やっぱり、君が婚約者でよかった。……でも、徹夜はよくないな」

ギュンターはアンネマリーの小さな顔を両手で捕まえて、じっと見つめた。うっすらと隈《くま》が浮いていて、彼女が無理したのがわかる。

彼女はバツが悪そうに目をそらしたが、否定しないところを見ると、徹夜したのは間違いないのだろう。

「徹夜しようと思ってしたわけではないのです……取りかかったら楽しくなってしまって、気がついたら朝になっていただけで……」

「僕が来なかったらどうなっていたことだか……今日はお昼寝をするんだ。そして、夜も早く寝ること」

「でも……まだお茶会に誰を呼ぶのか決めていませんし、招待状も出していませんもの」

「無理をしてほしくて頼んだんじゃないよ？　アン、ちゃんと休めるね？」

「……はい」

ギュンターが真剣な顔をして言うと、アンネマリーは最終的には頷いた。彼女は使命感に燃えると無理をするということがわかったため、今後はよく見ておかなければならないと、ギュンターは今回のことで気づかされた。

「……そうですね。疲れ果ててフラフラでは、淑女らしくありませんもの」

仕方がないというように、溜め息まじりに彼女は言う。先ほどまでギュンターに触れられていた頬《ほお》を気にしているから、もしかしたら肌荒れの心配でもしているのかもしれない。

ギュンターとしては、本音を言えば眠そうで気怠《けだる》げな彼女の姿も大変魅力的ではあるのだが、それは言わずにおいた。情事のあとの無防備な彼女を見られなくなってしまうのは嫌だからだ。激しく抱いたあと、疲れてフラフラになっている彼女は最高に可愛くて、とてもそそられるのは秘密だ。

「僕はしばらく魔術師としてやっておきたい仕事があるから忙しくなるけど、君は無理をしてはだめだよ」

しばらく応接室で談笑してから、帰り際にギュンターはアンネマリーを抱きしめた。腕にすっぽり収まる華奢《きゃしゃ》な体が愛しくて、絶対に守るのだという気持ちが強くなる。

「お仕事なら、仕方がありませんね」

口では納得したようなことを言いながら、彼女はキュッとギュンターの服の胸元を摑んでいた。隠しきれない彼女の想《おも》いを感じ取って、ギュンターは幸せを噛《か》みしめる。この幸せを守るために、戦わなければならない。

「今日はアンにこれを渡したかったんだ」

「まあ！　贈り物ですか？」

用意しておいた布張りの小箱を差し出すと、アンネマリーは嬉しそうな声を上げた。いつもよりはしゃいでいるのは、やはり寝不足だからだろう。

「これは……変わった石がついた耳飾りと腕輪ですね。鏡みたいに見えます」

彼女は小箱を開けて、中のものを珍しそうに見つめた。耳飾りと腕輪の中心に嵌《は》め込《こ》んであるのは、確かに彼女の言うとおり鏡のように周囲の像を映す加工を施した石だ。

彼女が仕掛けに気づくことはないだろうが、念のため早く着けさせたほうがよさそうである。

「アン、貸して。着けてあげるよ」

「ありがとうございます」

「僕がいない間、絶対に外さないで。お風呂のときも寝るときも、肌身離さず着けておくんだよ」

「わかりました」

耳飾りと腕輪をつけてあげると、彼女ははにかんでいた。どうやら、不在の間の愛情表現としての贈り物だと判断したらしい。

「長い間、お戻りにならないのですか？　事前に言ってくださったら、私も何か贈り物を用意できたのに……」

アンネマリーは寂しそうに、少し拗《す》ねたように言う。相手に何かしてもらったら、同じように何かを返したいと考える彼女らしい。

そんなところが可愛くて、愛しくて、再び抱きしめたくなるのをぐっとこらえて、ギュンターは彼女の髪を撫《な》でた。

「短くても数日はいないものだと思ってほしい。できる限りすぐ戻る気ではいるけれど」

「わかりました。では、ギュンター様がご不在の間に、少しずつご婦人たちとのお話し合いを進めていきますね」

アンネマリーが寂しさを我慢したような顔で微笑《ほほえ》むものだから、ギュンターはますます胸が苦しくなった。今すぐ抱きしめて、彼女が寂しくなくなるまでそばにいてやりたい。

だが、一時的に寂しくさせても、やらなければならないことがあるのだ。

「くれぐれも、無理はしないでくれよ。……戻ってきたら、たくさん可愛がってあげる。だから、元気でいてくれないとだめだよ」

「……はい」

耳元で囁《ささや》いてやると、彼女はサッと頬を赤くした。〝可愛がる〟という言葉の意味を彼女に覚えてもらえたことが、婚約者として、男としてギュンターは嬉しい。

（アンネマリーが安心して暮らしていけるように、邪魔者は片付けなくてはな）

決意を新たに、ギュンターはリーベルト家の屋敷を出た。

＊＊＊

魔術師としてやっておきたい仕事があるとギュンターが言ってから、数日が経《た》っていた。

アンネマリーは彼との約束があったため、無理をせずきちんと休息を取りながら準備を進め、お茶会当日を迎えた。

急な呼び出しにもかかわらずたくさんの人が集まってくれ、リーベルト家のサロンは賑《にぎ》わっていた。

話し合いは盛り上がり、一日ではとても終わらないため、連日お茶会は開かれている。

「初等科から開設するのであれば、魔術の勉強に加えて一般教養の授業も必要では？」

「学校を創るにはまずは教師を集めなくては。そのために、マギレーベンから誘致するのはもちろんのこと、留学させて人材育成に取り組む必要があると思うのです」

「平民からも魔術学校に入学する者が出るとなると、当然先立つものが必要になります。ですから、奨学金を用意してはいかがでしょう？」

ご婦人たちの口から次々に飛び出す意見を、アンネマリーは適度に相槌《あいづち》を打ちながら記録に残していく。

回を重ねるごとに魔術に対する理解が深まり、そのぶん意見もより具体性と有用性を増してきているように感じる。

ギュンターの読み通り、貴族の女性たちの多くが自身の領地で教育支援や貧民支援に当たっているため、学校を創ることに対して関心が強かった。そして、より良くしていくための意見も豊富に持っていた。

「魔術師だけの学校を作ると、どうしてもそこで選民意識が生まれかねません。ですから私は、普通科と魔術科を設けて、一般教養や運動などは共に並んで講義を受けさせるのが良いかと思います」

王都だけでなく地方にも魔術学校を作ろうという意見に対し、ヘルマがそう返した。これまでとは違った方向性から意見が出たことで、一同はざわめく。

「選民意識が生まれると、どのような懸念が考えられますか？」

司会役として、アンネマリーはヘルマの意見を掘り下げることにした。やや否定的な意見ではあるが、無視できないものだ。

「魔術が使える自分たちは偉い、使えない者は下等であると考えるようになる恐れがあります。そうなると、魔術師による非魔術師に対する差別および弾圧や搾取が行われてしまうかもしれません」

「それは……確かに恐ろしいですね」

「そのために、学校の創設と並行して法整備と、魔術師の倫理などを定める必要があると思うのです」

ヘルマの意見に対して最初は驚いていた人たちも、今では納得して頷いている。突飛な意見のように感じられたが、詳しく聞いてみるとそれは一理あったからだ。

「そうですね。法整備や倫理については、マギレーベンではどのようになっているのか詳しくうかがってみるべきだと思います」

「では、マギレーベンから有識者をお招きする手配は、アンネマリー様からギュンター殿下に頼んでいただくのがいいですね」

アンネマリーがうまくまとめたところでヘルマが笑顔でそう言ったから、場が和んだ。

ここに顔を出してくれているご婦人たちは当然アンネマリー派の人たちで、だからギュンターの婚約者および王太子妃にはアンネマリーが就くと思ってくれている人たちだ。そのため、ギュンターのことが話題になるたびに、みんな微笑ましそうにしてくれる。

彼がドロテアをこっぴどく振った話は社交界にすっかり広まっているため、彼女が正妃になるという話は誰も信じていないのだろう。

彼女と一夜を共にするのを回避するためにギュンターが取った行動を、少しひどいのではとアンネマリーは思っていた。

だが、あからさまに拒否しなければ、彼女はギュンターと深い仲であると喧伝《けんでん》したに違いない。それを防げたのはかなりよかった。

そして、彼女を拒んだと広く知られたことで、周囲がアンネマリーを見る目が変わったのを感じる。さらに誠実さが評価されギュンターの人気も上がっているから、彼の行動は正解だったのだろう。

少なくともこのお茶会に参加している人たちは、正妃につくべきは誰なのかということは口にしない。当然アンネマリーが正妃になるだろうと考え、もう次のことを考えている。

魔術がこの国の未来をどうして行くかについて話し合うのは、とても有意義で楽しいことだった。

ギュンターが自分以外を妻にする気はないと宣言してくれたから、アンネマリーは安心して彼の婚約者として果たすべきことだけに集中できている。

「それでは、そろそろお茶とお菓子の時間にいたしましょう。皆様、たくさんお話をされて、難しいことを考えていただいたので、喉が渇いたでしょうし、お腹《なか》も空きましたもの」

意見交換がひと区切りついたところで、アンネマリーはそう提案した。いくら実りある話し合いだとしても、お茶会の名目で招待しているのだから、きちんとお茶とお菓子を楽しんで帰ってもらわなくてはならない。

話し合いの際に提供するお茶と、こうしてお菓子と一緒に出すものは茶葉の種類を変えている。それは母の提案で、お茶会のたびに違うものを飲めるというのは、ご婦人たちにかなり喜ばれていた。

母曰《いわ》く、貴族の女性は男性と同様に社会に参加する機会を強く求める気持ちがある。だから、こういった勉強会は大いに喜ばれるが、退屈ではそのうち参加者がいなくなってしまうから、必ず付加価値をつけて次回も参加したいという気持ちになってもらわないといけないらしい。

今のところ回を重ねても賑わったままなのを見て、母からの助言に感謝した。

今日も料理長とキッチンメイドが張り切ってお菓子を作ってくれた。

果物入りの焼き菓子と卵を使った冷たい菓子にご婦人たちは大喜びで、お菓子と相性のいい濃いめの水色のお茶にミルクを合わせたものも、かなり評判がよかった。

（もし王太子妃になれば、王城で主催のお茶会を開かなければならないのよね。そう考えると、今こうしてお茶会を開く経験をたくさんできていてよかったわ）

自分が着実に経験を積めているのを感じて、アンネマリーは嬉しくなった。

意識は常に、未来に向かっている。ギュンターと共にいるために、彼の隣に並び立つのに相応しい自分になるために。

そんなふうに先のことしか考えていなかったから、すぐそばに危険が迫《せま》っているのに気がついていなかった。


招待客を玄関まで見送って、ヘルマを見送る際にアンネマリーは外に出ていた。

彼女とはほかの令嬢たちよりさらに親密なため、まだ話し足りなかったのだ。

彼女は馬車に乗り込むときになって、声を落として囁いてきた。

「アンネマリー様、少しお耳を……」

「何かしら？」

「今後、なるべくでしたらおひとりでの外出は謹んでください。また、お知り合いのお名前で送られてきても、お手紙や荷物はすぐに開封されないのがいいかもしれません」

「……どういうこと？」

どんな内緒話かと思っていたが、まさかの不穏な話に、アンネマリーの体は強張《こわば》る。

「いえ……杞憂《きゆう》であればいいのですが、ここのところ、シュレーゲル家の方々が静かなのが気になりまして。彼らは当然、自分たちが王籍に入るのをあきらめてはいないはずです。ですから、思いつめて過激な方法に打って出ないとも限りませんから」

「……そうよね」

ヘルマからの忠告に、思わず背筋がぞわりとした。確かに、最近のドロテアたちは静かすぎる。

ギュンターに恥をかかされたからかとも思ったが、それだけでおとなしく引き下がる相手とは思えなかった。

「ドロテア嬢本人が呼び出してもアンネマリー様が応じないのは、本人も自覚があるでしょう。だから、ほかの方の名前を騙《かた》って呼び出したりですとか、危険物を送りつけてきたりという可能性は考慮に入れておくべきかと」

「……そうね。ご忠告ありがとう」

「こうして助言することしかできないのがもどかしいですが……お気をつけください」

心底アンネマリーを案じてくれているのだろう。ヘルマは馬車に乗り込んでからも、窓から気遣わしげに手を振ってくれていた。

だからアンネマリーもいつまでも、ヘルマを乗せた馬車が見えなくなるまで見送った。

「え……？」

馬車が見えなくなって、屋敷に戻ろうとしたそのとき、アンネマリーはドレスをどこかに引っかけたのか動けなくなっていた。

だが、どこに引っかけたのだろうかと視線を巡らせると、小さな子どもがスカート部分をギュッと引っ張っていたのだ。

栗色《くりいろ》の髪を耳のあたりで切《き》り揃《そろ》えた、可愛らしい顔をした子どもだ。顔立ちだけ見るとわかりにくいが、その髪型や服装から男の子だと判断した。

「あら、あなた、迷子かしら？」

子どもはまだ小さいが、身なりはきちんとしている。ここは貴族の町屋敷が建ち並ぶ地区だから平民の子であるのは考えにくいが、どこかの子息なら伴《とも》もつけずに歩いているのは不自然だ。

だから迷子なのかと思ったが、子どもはまるでアンネマリーに用があるとでも言いたげにじっと見つめてくる。

「お姉さん、見て」

五歳くらいの子どもは、そう言って手に持っていた木の枝を振った。すると、その枝の先から小さな風が起きる。

それは魔術だ。小さいのに、どうやら魔術が使えるらしい。

「すごいのね！　とても上手な魔術だわ」

「まだできる！　来て！」

アンネマリーが手放しに褒めると、子どもは気を良くしたのかギュッと手を繋いでどこかへ連れて行こうとする。

「ちょっと、坊や！　どうしたの？　どこに行くの？」

「来て！　もっと見せたい！」

「えー……」

どうしたものかと思ったが、子どもは案外力が強く、振りほどくわけにもいかなかったため、アンネマリーはどんどん連れられて行ってしまった。

そしてたどり着いたのは一台の馬車のそば。「あっ」と思ったときには、子どものものとは思えないほどの力で馬車の中に引きずりこまれていた。

罠《わな》だ、とそのときわかったのに、馬車は走り出していた。しかも、尋常ならざる速度で。

困ったことに、子どもは馬車の向かいの席でニコニコしていた。強引にアンネマリーを連れ去ったことに、何の悪意もない様子だ。

それが逆に、薄ら寒く感じさせる。

あれほどさっきヘルマに忠告されたのに、小さな子どもに魔術を見せられただけで油断してしまったのだ。

「ねえ坊や、どこに行くの？」

「もうすぐつくよ！」

走り続ける馬車の中、不安になって尋ねると、子どもは笑顔でそう答えた。

それは嘘《うそ》ではなかったらしく、程なくして馬車はとある屋敷の前で停《と》まった。

乗せられたときと同じように、子どもに手を引かれて馬車を降りると、アンネマリーは屋敷の外観を確かめる。

シュレーゲル家の屋敷かと警戒していたのだが、やはりそのようだ。

同年代とはいえ、これまで彼女と接点はなかった。家に招かれるような間柄ではない。

だが、どこにどの家の屋敷があるのかくらいは知っているのだ。そして、記憶違いでなければ、ここはシュレーゲル家の屋敷だ。

「あの、坊や……本当にここは坊やの家なの？」

馬車から降りた子どもは、迷いなく玄関へと駆けていく。シュレーゲル家にこんな小さな子どもがいるとは知らなかったが、とりあえず迷子の子どもを送り届けたのだ。

アンネマリーは、引き返すならここしかないと、子どもに声をかけた。

「ここがあなたのお家だというのなら、もう平気ね？　私は帰らせてもらうわ」

馬車には御者がいる。もし御者がアンネマリーを捕まえようとしてはいけないから、ジリジリ距離を開ける。

だが、走って逃げ出そうかと考えたそのとき、玄関の扉が開かれた。

「ようこそ、アンネマリー様。我が家のステフを送り届けてくださってありがとうございます」

扉の向こうから現れたのは案の定、ドロテアだった。彼女は子どもを使っておびき寄せたくせに、平然とそんなことを言ってのける。

「ぜひお礼をしたいわ。上がってちょうだい」

「お礼なんて……どうぞお気になさらず。私はこれで失礼いたします」

「あら、冷たいんですのね。ステフがお礼をしたいと言っているのに、それを突っぱねるの？　アンネマリー様って、人が見ていないとそうやって子どもに冷たくする人なのね」

アンネマリーが警戒していることなど承知の上なのだろう。ドロテアは口の端を歪《ゆが》めて笑っていた。

顔立ちはとても可愛らしいのに、どうにも彼女のことを苦手だと感じるのは、この歪んだ笑い方だ。顔が可愛いだけに、その歪《いびつ》さが際立つ。そしてそれは、彼女の内面が表れているようだ。

「冷たくしたいわけではなく、ただこうして家にお連れしただけでお礼をされるようなことでもないと言いたいだけですわ」

挑発には乗らないと、アンネマリーは踵《きびす》を返した。だが、切羽詰まった声に呼び止められて、振り返ってしまう。

「待って！　お姉さん、待って！　僕の……魔術を見てください」

ほとんど泣きそうな顔でそんなことを言われて、どうしたらいいのかわからなくなった。

だが、その必死な様子を見れば、このまま帰ると彼の身に危険が及ぶことは容易に想像できた。だからこそ、彼女は「子どもに冷たくするのね」と言ったのだろう。

アンネマリーは悩んだ。どうやらドロテアは、無理やりアンネマリーを屋敷に連れ込む気はないらしい。やろうと思えば、使用人を使って捕まえることなど容易だろうから。

それをしないということは、逃げようと思えば逃げ切れるかもしれない。だが、自分が逃げたあとこのステフという名の子どもがどんな目に合わせられるのかと思うと、逃げ出すことはできなかった。

「……あなたの魔術を見たらいいのね？　それで大丈夫？」

ステフに尋ねると、目を潤ませてコクコク頷いた。彼の安全を確保できる条件を聞いておかねば安心できないのだが、ドロテアに命じられたのはそこまでだったらしい。

（ドロテア嬢の狙いは何？　私の命なら……こんな面倒なことをせず暗殺者を雇うなり何なりするはず。だったら、誘拐や監禁？　……そのあたりが妥当な気がするけれど、それなら即座に命を取られないだけ、助かる可能性も上がるはず）

思考を巡らせながら、アンネマリーは玄関から屋敷の中へと入った。どこかの部屋へ連れて行かれるのかと思ったら、玄関ホールでステフは小さな箱を差し出してくる。

「開けてみて」

ステフの必死な表情を見れば、それは開けてはいけない箱なのだとわかる。だが同時に、これを開けなければこの子がドロテアに酷《ひど》い目に遭わされるのが想像できた。

ドロテアは、少し離れたところで様子を見守っている。アンネマリーが箱を開けるのを見届けようというのだろう。

「……箱には、何が入っているの？」

聞いても無意味だと思ったが、やはり子どもは困った顔をした。これを渡して開けさせろと言われただけで、中身までは知らないのだろう。

「待って。僕が魔術をかけたら、開けていいから」

意を決して箱を開けようとしたアンネマリーを制して、小さな魔術師は箱に向かって杖《つえ》を振る。それから、目配せでアンネマリーに開けるよう促す。

（……この箱を開けて、そのあとステフを抱えて屋敷を飛び出すわ！）

こんな小さな子どもを使って何かをさせようとする彼女に腹が立って、そう決意した。

小さな子どもが施した魔術だ。まさか何かとんでもないことが起きるわけはないと、高をくくっていたのだ。

だが、箱を開けた瞬間、眩《まばゆ》い光が放たれた。

「危ない！」

咄嗟《とっさ》に腕の中にステフを庇《かば》うのと、放った箱が爆発するのはほとんど同時だった。

全身に衝撃が走る瞬間を覚悟して、ギュッと体を丸め目を閉じる。

だが、その瞬間は訪れなかった。

「……どういうことなの⁉」

ドロテアの金切り声に目を開けると、アンネマリーは透明な壁に取り囲まれていた。その少し離れたところでは、小箱が宙に浮いた状態で留《とど》まっていた。小箱の周りにも、透明な壁が築かれているのが見える。

「どうして⁉　なぜ爆発しないの？　何なのそれは！」

ドロテアは目を吊《つ》り上《あ》げ、半狂乱になって言う。それを聞きつけた屋敷の者たちが集まってきたが、誰も状況を理解できていなかった。

アンネマリーもそうだ。自分の身につい先ほどまで危機が迫っていたのは理解できたが、なぜその危機を脱することができたのかわかっていない。本当に脱することができたのかもわからない。

「……お姉さん、これ……」

腕の中のステフが、恐る恐るといった様子でアンネマリーの耳に触れた。

「どうしたの？」

「光ってる」

「え？」

ステフが指摘したのは、耳飾りのことだろう。もしかしてと思って手首を見ると、腕輪の石が光っていた。ということは、耳飾りの石も光っているのだろう。

「ギュンター様が……」

「お姉さんが箱を開けようとしたときにその耳飾りと腕輪が光ってね、そしたら壁が出てきて、お姉さんと僕を閉じ込めたんだ」

「……そうだったのね」

興奮気味に語られるステフの言葉によって、先ほど自分の身に起きたことが理解できた。どうやら、ギュンターが〝お守り〟として贈ってくれた装飾品により、文字通り守られたようだ。

「……ステフ、あなたはどうしてここにいるの？」

壁がいつまで出現しているかわからないが、ひとまず今は無事らしい。それならば集められる情報は集めなければと、無理やり冷静になろうとした。

「僕の不思議な力……魔術っていうらしいんだけど、それを使って〝お手伝い〟したら食べ物とお金がもらえるって言われて来たの……僕が上手にできたら、お母さんと妹にも食べさせてあげるって……お父さん死んじゃって、お母さんも病気で……でも、僕、お姉さんをここに連れてくるだけでいいって言われてたから、怖いことが起きるなんて知らなくて……」

ステフは状況を説明しながら、その目に涙を浮かべ始めた。

甘い言葉でつられて来たものの、自分が悪事の片棒を担がされたのはわかってしまったのだろう。家族の命がかかっていたのなら、必死になっていたのは無理もない。だが、それが悪いことだとわかって恐ろしくなったに違いない。

「あなたは悪くないわ、ステフ。あとでお母様たちのもとへ送り届けましょう。そのときに、十分な食べ物を持って、お医者様も連れて行くわ」

泣き出したステフの小さな体を抱きしめて、その背をさすった。こんな小さな子どもにひどいことをさせ、この子自身も危険に晒したドロテアが許せなくて、怒りが湧いてくる。

「……何よ、その目。あなたが分を弁《わきま》えず社交界を荒らしたからこんなことになったのでしょう?」

アンネマリーに睨《にら》まれ、ドロテアは怒り狂った。だが、計画が失敗することなど念頭になかったのだろう。どうしたらいいのかわからないのか、落ち着きなく周囲を見回す。

「ちょっと誰か！　その女を始末して！　このまま無事に帰すわけにはいかないのよ！」

ドロテアの命令に、使用人たちは戸惑うばかりだ。こんな家に雇われているのだから悪事には慣れたものかと思ったが、どうやらそうではないらしい。

「お父様は⁉　まだお戻りにならないの？　お父様さえ帰ってきてくれたら、あなたなんか簡単に捻《ひね》り潰してやれるのに！」

誰も動かないことに、ドロテアは焦りを見せ始めた。なぜ誰も言うことを聞かないのだろうと思ったが、無理もない。

日頃の彼女は柔らかで可愛らしい言動の中に毒を仕込んでいるような性質だ。決して命令したりせず、周りが察して動くように仕向ける。自分の手は汚さず、あくまで自分以外の周囲の人間たちがやったと言い張れる状況を作ってきた。

だから、使用人たちも彼女のこの苛烈な様子を見るのには慣れていないのだろう。もしかしたら、初めて見るのかもしれない。

「ステフ！　その耳飾りと腕輪を奪って捨てなさい！　それのせいで失敗したのでしょう？　壊しなさい！」

ドロテアは叫びながらこちらに近づいてきた。

だが、透明な壁に阻まれ、途中で足止めされる。だからアンネマリーの身につけているお守りを破壊しようとステフに命令するが、彼は泣きながら必死に首を振っていた。

「いいの？　お前のせいで母親が死ぬわよ！」

ドロテアは透明な壁を拳で殴りつけながら、甲高い声で叫んだ。

腕の中のステフが可哀想で、アンネマリーは彼をさらに抱きしめた。

「ドロテア嬢……どうしてこのようなことをなさるのですか？　もう、これ以上罪を重ねないでください！」

「わたくしの何が罪だというの!?　罪というなら、あなたよ！　アンネマリー・リーベルト！　侯爵家の分際で王家に取り入り、自分が王妃の座に収まるのが当然だなんて顔をして！　厚顔無恥とはあなたのような女のことを言うのよ！」

アンネマリーの呼びかけに、ドロテアは怒りに満ちた顔で応えた。可愛らしさは見る影もなく、恐怖すら覚える表情を浮かべている。

「娼婦《しょうふ》みたいな真似《まね》をして殿下を籠絡し、もうすでに妃みたいな顔をしてほかの令嬢を従えて……でもね！　あなたが妃に相応しくないと思っている人のほうが多いのだから！　消えなさい！　あなたが死ねばすべてうまくいくのよ！」

ドロテアは全身で叫んでいた。彼女が自分に対して憎悪をにじませているのが伝わってくる。

彼女が透明な壁を殴り続けるのを見て、不安になった。本当にこの壁は守ってくれるのだろうか。いつまで保つのか、壊れたりしないのか。

（誰か……早く来て……）

壁一枚隔てているとはいえ、狂乱状態の人を目の当たりにするのは怖い。何より、自分に対して害意を向けている人物と至近距離で向き合うのは心臓に悪い。

彼女の口から飛び出す言葉が「死ね」から「殺す」に変わったとき、アンネマリーは震え出すのを止められなかった。

必死に祈る気持ちでステフを抱きしめていると、唐突に玄関の扉が開いた。

「ドロテア・シュレーゲル。内乱を企てた疑いで、貴様を連行する」

扉が開くと駆け込んできた衛兵たちにドロテアは瞬く間に捕らえられた。だが、当然彼女がそれでおとなしくするわけがない。

「な、なんで!?　どうして衛兵が来たの？　内乱罪って、証拠は？　こんなことをしたらわたくしのお父様が黙っていないわよ！　お父様はこの国の公爵なのよ！」

彼女の細い体のどこにそんな力が眠っていたのだと思うほど、激しく叫んで暴れていた。体を鍛えているはずの衛兵たちも、彼女を取り押さえるのに手こずっている。

「公爵なら、お前より先に捕らえられているよ。仲間はずれになどしていないから安心するといい」

開かれた扉から入ってきた人物が、よく通る声でそう言った。決して声を荒らげているわけではないのに鋭くて、その場にいた者は畏怖を覚えた。

信じられない気持ちでアンネマリーが振り返ると、ギュンターの姿があった。

全身黒ずくめで、手には立派な杖を持っている。これが彼の魔術師としての装備なのだろう。

「遅くなってごめん、アン。突入の時機を見計らっていたんだ」

ギュンターは優しく微笑むと、透明な壁に触れた。

すると、それはたちまち消え失《き》《う》せる。

彼が助けに来てくれたのだとわかって、アンネマリーはステフを腕に抱いたまま彼の胸に飛び込む。

「ギュンター様……！」

「ごめん。怖かったね。持たせたお守りが役に立ってくれてよかったけれど……本当は、役に立つ日なんか来てほしくなかったんだ」

ずっとアンネマリーを見つめていたギュンターだったが、不意にドロテアのほうに視線を向けた。まるで汚ないものでも見るかのようなその眼差《まなざ》しに、ドロテアはついに泣き出した。

「……どうして……どうして……」

されているのだからな」

「それ以上無様は晒さないほうがいい。お前のやったことは、この国のあちこちで映し出されているのだからな」

「えっ……⁉」

ギュンターの言葉に、ドロテアは忙《せわ》しなく視線を巡らせた。

アンネマリーはステフが指差すいくつかの場所を見て、そこに何かあるのを感じた。

「お前たちがしつこくこの屋敷に呼ぶたびに、監視のための魔術を仕掛けていたんだ。お前たちが何も悪さをしなければ発動しなかったのだが、ものの見事に発動したな」

彼はそう言って懐から小さな手鏡のようなものを取り出すと、そこに映し出されたものを眺めていた。それは先ほどの半狂乱になったドロテアの姿だ。

「これが今、様々な人たちの目に触れているのですね……」

見せてもらった魔術道具の応用なのだと理解して、アンネマリーは恐ろしい気持ちになっていた。誰も見ていないと思ってドロテアは好き放題暴れていたのに、その姿は多くの人々の知るところとなってしまった。

おそらく、どうにかして罪を免れたとしても、ドロテアの居場所はこの国にはもうないだろう。それが本人にも理解できたのか、暴れるのをやめて泣き崩れた。

「お前の罪は重いよ、ドロテア・シュレーゲル。お前は妃の座欲しさにアンネマリーを傷つけようとした。しかも、魔術が使える子どもの手を汚させることによって、この国の魔術の未来にも泥を塗ろうとしたんだ」

ギュンターの声は静かだが、怒りがにじんで凄《すご》みがあった。

彼の言葉を聞いて、ドロテアがしようとしていたことを真に理解して、アンネマリーは暗い気持ちになった。

彼女は、自分たちの豊かさばかりを追い求めるだけでなく、この国が魔術により発展することすら阻もうとしていたのだ。

「こんな子どもを利用して……あの箱が爆発していたら、この子も死んでいたのですよ！」

様々な感情が渦巻くが、アンネマリーの口から飛び出したのはドロテアの卑劣さへの怒りだった。だが、その怒りは彼女には届かない。

「……だから何？」

衛兵たちに連れられていくドロテアが、生気のない声で呟《つぶや》いた。そのドロリとした眼差しにアンネマリーは恐ろしくなって震えたが、すぐにギュンターが見えないように体で壁になってくれた。

「アンネマリー、ああいった手合いには言葉は届かない。大丈夫だ。命に優劣があり、自分たちは間違いなく優位だと思っている人間たちはこの国から排除するからね。政に関わらせるものか」

彼の決意のにじむ声に、アンネマリーはただ静かに頷くしかなかった。

いろいろなことがありすぎて、気持ちを落ち着けるのには時間がかかりそうだった。

第六章

事件から数日後、ギュンターに様々な報告をされた。

立太子の儀を早急に行うと決定したこと。そのときにアンネマリーも正式に王太子妃としてお披露目《ひろめ》されること。

そして、シュレーゲル公爵家が企てていた計画の全貌もだ。

彼らはとにかくドロテアを王太子妃、ゆくゆくは王妃の位に就かせることで、国を牛耳ろうとしていたのだという。

そこまでは理解できるが、ギュンターが魔術という独自の力を身につけているのを危惧し、また今後魔術により新たな勢力が勃興するのを懸念して、国内で芽吹く前に魔術の勢力を削《そ》ごうと考えたらしい。そのためにしたのは、魔術を使える人間探しだ。

魔術が使える才能がある者は、学ぶより前に、それが魔術だと知るより前に、魔術を使えてしまうことがあるらしい。

そういった者を捕まえてきて、何らかの事件を起こさせることで、国内の魔術に対する印象を悪くしようとしたのだ。

その中で思いついたのが、ステフのような子どもを使ってアンネマリーを害することだったのだ。

シュレーゲル家は国外の様々な場所から材料を集め爆発物を作り、最後の起爆には魔術が必要な仕掛けを施した。

それが爆発していれば、アンネマリーは死亡もしくは大怪我をして、ステフは犯罪者となっていた。

ギュンターが持たせてくれたお守りのおかげで最悪の事態は免れたが、ドロテアが企てたこの計画の陰湿さに、アンネマリーの心はずっと暗くなっていた。

シュレーゲル公爵家の人間たち及び共謀した者たちはみな逮捕されたと聞いても、心が晴れることはない。

だが、報告からさらに数日経った日に、ギュンターが嬉しい知らせを持ってきてくれた。

「アン、まだ元気が出ない？」

事件の収拾や立太子の儀に向けて彼自身も多忙のはずなのに、彼はやってくるなりアンネマリーを気遣ってくれた。

それが嬉しくて、微笑みとともに首を振る。

「元気です。まだいろいろと気持ちの整理がつかないだけで……」

「無理もないよ。あんな毒気にあてられたんだ。本来であれば君の目に触れさせたくなかったものを見せてしまったね、ごめん」

「いえ……あなたの妃になるのです。これからは、汚いものもたくさん見ていかなくては。きれいなものだけ見ていては、国も民も守れませんから」

ギュンターが本当に申し訳なさそうに言うのが気の毒で、アンネマリーは無理して笑顔で言ってみた。

だが、それは本心だ。弱いままではいたくない。守りたいもののために、強くなるのだ。

「アンが少しでも元気になればと思って、今日は素敵なお客様を連れてきたんだけれど」

「まあ、どなたかしら？」

彼の言葉が合図だったのか、応接室のドアが開き、使用人がお菓子とお茶の載ったカートを押してくる。

お客様とやらはどこにいるのだろうと目を凝らすと、使用人と一緒にカートを押す可愛らしい手が見えた。

「ステフ！　それから、あなたは妹さん……？」

カートを押して現れたのは、あの日保護したステフだった。隣には、彼より少し年下に見える女の子がいる。

　リーベルト侯爵家で預かろうとしたところ、ステフ一家まるごとギュンターが面倒を見てくれると言い出したのだ。そのあとのことが気になっていたのだが、まさかこんな形で再会できるとは思ってもみなかった。

「アンネマリー様！　この子は妹のメリーです。こっちはお母さんです」

「メリーというのね。そして……お母様だったなんて」

　アンネマリーはメリーを見つめ、それからカートを押してきた使用人を見た。見慣れない使用人だとは思っていたのだが、ステフの母親だと聞いて納得できた。

「ステフたちの母であるアマンダの病気は、体内に魔力が滞留して起こる症状だった。亡くなった夫君が簡単な魔術なら使える人で、ご存命のときは取《と》り除《の》けていたのだが、それができなくなって寝ついてしまうほどになったらしい」

　ギュンターは魔力を放出できなくて起きる体の不具合と、国内には似たような症状で苦しんでいる人たちがほかにもいるだろうことについて話してくれた。そして、今後そういった人たちを救済していく計画についても。

「ステフとメリーは魔術の才能があるため、保護してまずは学校に行かせることにした。

そして、一般的な教育を受けさせる傍ら、家庭教師をつけて魔術の基礎も教えていく。ゆくゆくは彼らを教師として、魔術学校を作るのがいいだろうと思って」

「いいですね。それで、アマンダがうちで働くことになったのは誰のアイデア？　もしかしてお母様？」

いかにも母が好きそうなことだなと思い、アンネマリーは尋ねた。母は領地の救貧院で女性の就職支援に力を入れているため、きっとアマンダを放っておけなかったはずだ。

「侯爵の提案なんだ。これから才能ある子どもたちを集めるにあたって、親が子どもと引き離されるのは気の毒だと言って、王都に使用人協会を作ってはどうかと」

「それなら、地方から子どもを連れてきても親子が引き離されるのを防げますものね」

「どうしても地元を離れられない親御さんのことは、課題として追々考えていくが、かなりいい案だと思う」

「ほかの貴族家にも示すように、まず我が家で雇用してみたということですね……お父様、仕事が早い」

シュレーゲル公爵家に怒りを燃やしてばかりだと思っていた父が、きちんと貴族としての役目を果たしていたことにアンネマリーは誇らしい気持ちになった。

「『王妃を輩出した家になるのだから、ほかの貴族家の手本にならなくては』と言っていたよ。……ほかの貴族たちにも本当に見習ってほしい」

微笑みながらも、ギュンターは悩ましげに言った。

今回のことで粛清されたのはシュレーゲル公爵家だけだったが、きな臭い動きはほかにもあったのだろう。

最も力を持っていたシュレーゲル家が大々的に仕出かしたことで、ほかの家々はおとなしくせざるを得なかっただけで、それぞれに思惑はあるに違いない。

「いきなりすべてをよくすることはできません。少しずつ、前に進んでいきましょう。そのために、私が隣にいます」

テーブルについてお菓子を頰張《ほおば》るステフとメリーたちを見つめて言った。

魔術を国内に広めるのを始めとして、これからどんどんこの国は前に進んでいくのだ。気になることも心配なこともたくさんあるが、楽しみなこともたくさんある。

「……そうだね。僕がアンを励ましに来たのに、僕のほうが励まされてしまったな」

「いいえ。ギュンター様が連れてきてくださった素敵なお客様たちのおかげで、元気になれたのですよ」

「それならよかった。――さあ、いよいよ忙しくなるね。次は立太子の儀だ」

アンネマリーの微笑みに、彼も元気を取り戻してくれたらしい。気合いの入った顔で、二人は頷き合った。

シュレーゲル公爵家によるアンネマリー殺害未遂事件から半月ほど経過すると、国内は落ち着きを取り戻した。

王家が絶対的な力を示したのが大きかっただろうし、王太子になるギュンターの実力が広く示されたことも大きかっただろう。

貴族たちも民たちも、クリスティアンに代わりギュンターが立太子されることに何の疑問も抱いていない。

むしろ、魔術によってどう国を豊かにしてくれるのだろうと期待していた。

だが、期待される当の本人は全く落ち着いていない。

アンネマリーのために用意した離宮の一室で、ずっと駄々《だだ》をこねていた。

「嫌だよ、アン。立太子の式典、嫌だ……緊張する。絶対にみんな、兄上と比較するよ……」

長椅子でアンネマリーに膝枕をされながら、ギュンターはもう何度めになるかわからない愚痴をこぼしていた。

緊張しているというのは嘘ではないらしく、彼の体は強張っている。

それがわかるから、アンネマリーは優しく髪を撫で続けていた。

「ギュンター様、大丈夫ですよ。比べられたから何だというのです？　ギュンター様だって、クリスティアン殿下と変わらず立派です」

「でもさ、がっかりされたら？　期待はずれだって雰囲気出されたら僕、耐えられないよ」

「みんな、ギュンター様のお目見えを楽しみにしていますよ」

「みんなが見たいのは僕じゃなくて魔術だろ？　替え玉を用意したってバレやしないよ」

アンネマリーがすべてに丁寧に応えるからか、ギュンターはずっと駄々をこねている。

人前では立派な彼が自分の前でだけはこんなふうに甘えん坊になるのが愛しくて、アンネマリーは困ったなと思いつつもずっとなだめてしまうのだ。

「兄上の立太子の式典、覚えている？　花は咲き鳥は歌い、人々は舞い踊るの大盛り上がりだっただろ？　あれと比べられるのは無理じゃない？　ただでさえ兄上は華があるしさ」

十年近く前のクリスティアンの立太子の式典を思い出したらしく、ギュンターはさらに落ち込んだ。

確かに、ずっと曇りが続いていた中、その日はよく晴れて、春ということもあり美しい花々と鳥の鳴き声が祝福の雰囲気をさらに盛り上げたのをアンネマリーも覚えている。

今回の式典は、あのときほどの状況は望めないだろう。冬の終わりのまだ春とは呼べない時季は、曇りがちなのは仕方がない。

「そうですね……いっそのこと、魔術でそういった演出をしてみてはいかがですか？　天気を操ることは無理でも、花びらや光の演出は可能だと思うんです」

「……それだ！」

アンネマリーが提案すると、ギュンターの目がキラリと光った。

どんな魔術を使うのか、頭の中に浮かんだのだろう。

「光と花びらを使った演出なら、祝賀会にやったときの応用が使えるな。今回は屋外だからあのときよりもさらに規模が大きなものを使えるから、より華やかにできる」

「集まった民衆は、きっと喜ぶでしょうね。魔術に興味を持ってもらえるし、ギュンター様の立派な姿も見せることができて、完璧な作戦です」

ギュンターの機嫌が直ったのがわかり、アンネマリーは安心して髪を撫でる手により一層力を込めた。

すると、彼はムクリと起き上がって、アンネマリーの胸元に顔を埋める。

「アンの胸、柔らかくていい匂いがして、幸せ……」

「……たくさん、触っていいですよ」

「うん。触るし舐《な》めるし、吸っちゃおう」

「……ぁあんッ！」

最初は肌が露出した部分に頬ずりをしているだけだったのだが、それでは足りなくなったらしい彼は、アンネマリーのドレスの胸元を寛《くつろ》げた。それから、まろび出た大きなふくらみのうちのひとつに、思いきり吸いつく。

「あぁっ……んぁ、あっ……」

胸の頂を舌先で転がされたり、強く吸われたりして、アンネマリーは甘い声を上げた。

そこは日々の彼の愛撫《あいぶ》ですっかり敏感になり、すぐに快感を覚えるようになっている。

「こんなふうに婚約者の胸に甘えるような男が、立派に王太子をやれると思う？」

「だい、じょうぶですっ……ぁんっ……立派な方にも、癒やしの時間が必要なだけで……ぁあん！」

「もっと癒《いや》して、アン。もっと撫でて……」

「んんッ！」

髪を撫でたところ、歯を立てて強く吸われた。おそらく、違うと言いたかったのだろう。

髪以外に彼が撫でられたい場所はどこか考えて、アンネマリーはそろりと彼の下腹部に手を伸ばす。

トラウザースの下で、そこは硬くなりつつあった。布地の上からそっと撫でると、ピクリと反応するのがわかる。

どうやら正解だったらしく、彼は夢中になって胸を愛撫した。片方を口に含み、もう片方を揉《も》みしだく。

何度も撫でているうちに、彼のものはどんどん硬さを増してきた。布地を押し上げるふくらみから、大きくなってきているのもわかる。

きっと、これ以上大きくしたら苦しくなってしまうだろう。

アンネマリーは撫でるのをやめ、指先でボタンを探り当てる。胸を愛撫されている状態で手元に集中できないものの、どうにかボタンを外すことができた。

トラウザースの前を寛げると、彼のものが飛び出してくる。もうすっかり力を蓄えたそこは、雄々しく屹立《きつりつ》し天を指していた。

「どうしたの、アン？　勝手に脱がせるだなんて……そんなに欲しかった？」

「ちが……ギュンター様のものが、苦しそうだったので……」

胸への愛撫をやめたギュンターが、くすりと笑った。はしたないことをしてしまったと気づき、アンネマリーの頬は熱くなる。

「君が可愛いから、こんなになってしまったよ。早く君のことを気持ちよくしてあげたい」

「あっ……」

ギュンターは体を起こすと、アンネマリーのドレスの裾をたくしあげた。そして、下着の端から指を入れて秘裂をそっとなぞる。

「もうこんなに濡《ぬ》らして……胸を愛撫するのが気持ちよかった？　それとも、僕のを撫でて興奮した？」

「あぁっ、ぁん……ん、んんっ……」

彼が指を動かすたびに、くちゅ、ぐちゅ……と湿った音がした。アンネマリーの秘処が、すっかり濡れている証だ。

まだ初心だった頃、ぴったりと閉ざされていたそこは、日々ギュンターに可愛がられ、彼のものを吞《の》み込《こ》むうちに、咲き初めの花のようにほころび始めている。

だが、指一本挿れるだけでも狭い。ゆっくりと沈められると、甘えるように締めつける。

「気持ちよくなったら、僕ので可愛がってあげるからね」

「あ、あぁっ……そこっ……あぁん！」

指を二本に増やすと、ギュンターはそれを素早く抜き挿しした。的確にアンネマリーの弱い部分を押さえ、刺激していく。

腹側にある敏感な場所を押し込むように刺激されて、アンネマリーの腰は跳ねた。一気に快楽が増幅されて、意識を塗り潰していくかのようだ。

気持ちよくなることしか考えられなくて、もっと気持ちよくしてほしくて、アンネマリーは自然と腰を揺らしてしまっていた。ねだるようなその仕草に、ギュンターはうっとりと笑みを深める。

「アン、気持ちよかったら気持ちがいいってちゃんと教えて。イキそうなら、ちゃんとイキそうって言うんだよ？」

耳に直接息を吹き込むようにギュンターは囁いた。彼はアンネマリーが耳が弱いことも、これまでの行為で知り尽くしている。この前は胸の頂を指で強く摘まれながら耳を舐められただけで、呆気《あっけ》なく果ててしまった。

「はぃっ……きもちいぃです……耳ぃ……指もぉっ……きもちがよくて……あぁん！　ギュンターさまっ、イきそう！　イッちゃぅ……」

アンネマリーが素直に快楽を口にした途端、彼の愛撫は激しさを増した。そんなことをされると腰を揺らすのを止められなくなり、奥から何かがせり上がってくる感覚に果てが近いのを感じていた。

だが、あと少しで快楽の頂に手が届きそうなところで、彼の指が動きを止めた。それどころか、引き抜かれてしまった。

「アン。欲しいんだったら、ちゃんとおねだりしないといけないよ」

「……っ」

彼は見せつけるように、先ほどまで蜜壺をかき回していた指を舐めた。それから、その指をアンネマリーに差し出す。

アンネマリーはそろりと舌を伸ばして、彼の指を撫でた。彼の指はお風呂あがりのようにふやけていて、それだけ自身の内側が濡れていたのがわかる。

指で先ほどまで刺激されていた部分が、切なく疼《うず》いていた。早く奥まで貫かれたくて、快感を思い出したように収縮を繰り返していた。

「指を舐める君の顔、なんていやらしくて可愛いんだ……才女の君が僕の前だけでこんなに淫らなんて……たまらない」

指を舐められているだけなのに、ギュンターの顔には恍惚《こうこつ》の表情が浮かんでいた。彼のそんな表情をもっと見たくて、指二本を口に含んで、吸い上げながら舐《な》め回した。

「ギュンター様……ください。ギュンター様が欲しいの……」

指を舐めているうちに体の切なさが最高潮に達したアンネマリーは、涙目で彼に訴えた。

彼は行為の前はうんと甘えん坊になるくせに、アンネマリーが感じ始めると途端に少し意地悪になるのだ。

彼はアンネマリーをぐずぐずにとかして、感じさせて、自分からおねだりをさせるのが好きだ。上手におねだりができないと、なかなか可愛がってくれないときもある。

素直に欲望を口にすると、彼は満足そうに微笑んだ。

「いいよ、アン。たくさん気持ちよくしてあげる。君を気持ちよくしていいのは、世界で僕だけだからね」

ギュンターはアンネマリーのドレスに手をかけると、手早く脱がせていく。下着も脱がせてしまうと、自身の衣服もあっという間に脱ぎ捨てる。

「アン。そこに手をついて、お尻を僕に見せてごらん」

「…………はい」

にっこり言われて、アンネマリーの頬は真っ赤になった。どんな姿勢を取らされるのかわかって、恥ずかしくなったのだ。

だが、指示に従わなければ可愛がってもらえない。達する寸前で快感を止められた結果、アンネマリーはもう熱を持て余して仕方がなくなっている。

「ん……」

羞恥に頬を染め、目も潤ませながらアンネマリーはお尻を突き出した。秘められた場所を彼に見せつけるような格好になって、恥ずかしくてたまらない。

それなのに、これから彼に気持ちよくしてもらえるのだと思うと、期待でまた蜜が溢《あふ》れてしてしまう気がする。

「きゃっ……そこ、違う……」

彼の手がお尻に伸びてきて、硬いものが押しつけられる感触がした。だが、その先端はなぜか、別のところに押しつけられている。

下からすくい上げるような動きをしたかと思うと、彼は秘裂ではなく後孔に先端を押しつけていた。ねじ込もうとぐっと腰を突き出されようとも、当然中には入ってこない。

欲しい場所に来てくれないというもどかしさと、本当に挿れられてしまったらどうしようかという恐怖で、アンネマリーは震えた。

「アン、震えているね。ここに欲しくてたまらない？」

「違いますっ……だめ、そんなっ……」

「可愛いな。指でほぐして、いつかここでも僕のものを呑み込めるようにしてあげる。アンネマリーのすべてを、僕のものにしなくてはいけないからね」

蜜をまぶした後孔に、彼の指が押し当てられた。とてつもない異物感を伴って彼の指が入ってくるのがわかって、アンネマリーは恐怖した。

何よりも恐ろしかったのは、彼の指を気持ちよく感じてしまったことだ。性器ではない部分で快楽を得るなど、自分はどこまではしたないのかと、恥ずかしくて泣きたい気分になってくる。だが、そんな感情すら、快楽に一気に塗り潰される。

「んあぁッ！」

彼のものが、一気に奥まで貫いた。

細い腰を摑まれ、ねじ込むようにして奥を穿《うが》たれると、あまりの気持ちよさにアンネマリーは目蓋の裏で星が瞬くのを見た。

「あぁ、すごい……アン、挿れた途端にイッちゃったんだ……気持ちいい」

「んんっ……あぁんっ！」

背後から挿入されると、抱き合って繋がったときよりも奥に彼のものが届く気がして、あまりの気持ちよさにたちまち達してしまった。

アンネマリーが達すると、蜜壺は激しく収縮する。締めつけられながら抜き挿しするのが気持ちがいいのか、ギュンターは早くも余裕がなさそうだった。

背後から攻め立てられると、彼の姿が見えない。そのせいで、彼の息遣いや動きをいつも以上に感じる気がする。

「あっ、そこ……あぅ、んっ」

激しく抜き挿しするとすぐに果ててしまいそうだと思ったのか、ギュンターは奥を穿ったまま先端でアンネマリーの中を押し潰すみたいな動きをした。

ぐり、ぐり……と一番奥を先端で押されながら、下腹部も手のひらで押されると、苦しさと同時に快感に襲われてアンネマリーは戸惑う。

「あ、今キュンッてしたね。ここ、押されながら貫かれるの、気持ちがいいんだ」

「ぁんっ！　わかりません……んあぁっ！」

「ここ、アンの子宮だよ。そして僕のものが当たっているのが子宮の入り口。アンの体が僕に子種を注がれたくて、可愛くおねだりしているんだ」

達したばかりのところにさらに強烈な刺激を与えられ、アンネマリーはもうわけがわからなくなっていた。

気持ちがいいのに、苦しい。高いところにのぼったままの意識が、戻って来られなくなっている。

彼に貫かれて、いろんなところを刺激されて、ただ喘《あえ》ぐだけしかできなくなっていた。

「アン、僕も果てるよ……っ」

息遣いと動きが一層激しさを増したあと、彼は止まった。そして、屹立が脈打つのを感じた。

脈動するたびに、彼のものが奥へと注がれるのを、夢うつつで感じていた。

だから、彼が自分の中から出ていくまで、そして抱きとめられるようにその腕の中に囚《とら》われるまで、ほとんど何も考えられなくなっていた。

「アン……大丈夫？」

「……ギュンター様」

次に気がついたときには、寝台の上だった。心配そうに顔を覗《のぞ》き込《こ》んでくる彼と目が合い、安心させるように微笑んだ。

「ごめん。意識を飛ばすほど抱くつもりじゃなかったんだけど」

「……平気です。あまりにも気持ちがよかっただけなので」

「ああ……なんて健気《けなげ》で可愛いんだろう」

アンネマリーが無事だとわかってほっとしたのか、ギュンターは再びギュッと抱きしめてきた。

快楽の波が去ったあとの心は、幸福感に包まれて穏やかだ。だからアンネマリーも甘えるように、彼の胸に頬を寄せた。

「僕にはこんなに可愛い婚約者がいるんだ。立派に式典をやり遂げて、王太子として君の隣に立つよ」

行為の前はあんなに駄々をこねていたというのに、今は覚悟が決まった顔をしている。

甘えてくる彼も好きだが、やるべきことに目を向けて凛々《りり》しい表情をした彼が一番好きだ。だから、自分との行為で彼がやる気になってくれたのなら嬉しい。

「これからも大変なことやつらいことがあると思いますが、私が支えます。あなたの迷いや憂いをはらえるのなら、喜んでこの体を差し出します」

そっと彼の頰に口づけながら言うと、抱きしめる腕の力が強くなった。

「もう、反則……そんな可愛いこと言われたら、また抱きたくなるだろ。婚約して四年、離れている間もずっと君を抱きたくて、君を僕のものにしたくて耐えてきたんだから」

「結婚したら、毎晩あなたのものですよ」

「だから……あおらないでくれよ。新婚旅行で、足腰立たなくなるくらい抱き潰すからな」

「ふふ……ギュンター様ったら、怖いわ」

彼が自分のために欲望を我慢してくれているのが嬉しくて、愛しくて、アンネマリーは彼の胸に頰ずりをした。

本当はもう一度くらい、彼の欲望を受け止めてあげたいものの、体がきつくてそれは難しそうだった。

だから、新婚旅行では彼が望むだけ体を重ねようと覚悟を決める。アンネマリーも、彼との行為で得られる快感は好きだった。

愛される喜びは、体だけでなく心も満たす。彼の欲望を受け止められるのはこの世で自分ただひとりなのだと思うと、誇らしくてたまらなくなる。

「ギュンター様、大好き……」

眠りに落ちる直前、アンネマリーは彼への愛を囁いた。それに対して彼が何と返してくれたのかは、夢の中にいたから聞けなかったが、彼に愛されているのは確信していた。

式典が嫌だとごねて甘えん坊になっていたギュンターだったが、当日は実に立派な姿を人々の前に現した。

アンネマリーと相談して考えた花びらと光の魔術による演出は素晴らしいものだったが、集まった国民たちの様子を見るに、魔術なしでも彼らは大喜びだっただろう。

人々は、新たな王太子の誕生を祝福していた。これからの未来を期待していた。

そばで控えていたアンネマリーにも彼らの熱気が伝わってきたため、それを損なうのではないかと不安だった。

貴族たちの間では、アンネマリーが妃の座に就くのに異論を唱える者はいない。シュレーゲル家が流していた後宮を作るという説も、今ではしっかり否定されたため、側妃について口にする者もいない。

口にできる雰囲気ではないというのが正しいだろう。

だが、国民は違う。民たちは、貴族たちのような忖度《そんたく》はない。アンネマリー及びリーベルト侯爵家が何をして何をしないかということだけに注目する。

だから、人々に認められるかどうかはアンネマリーの行い次第だ。

「大丈夫だよ、アン。いつもみたいに堂々としていたら。それに、ひとりじゃない」

「はい」

緊張で体が強張っていたアンネマリーだったが、そばに来てギュンターに肩を抱かれると、少し落ち着くことができた。

そのままの格好で二人揃《そろ》って前に進み出ると、人々から歓声が上がった。

「本日は私の立太子の儀に合わせ、改めて婚約者の紹介をさせてもらいたい。我が妻つまり王太子妃となる、リーベルト侯爵家のアンネマリー嬢だ」

ギュンターがアンネマリーを紹介すると、さらにまた歓声が上がった。「王太子妃殿下、万歳！」という声も聞こえてきた。

人々の声と拍手を聞いて、アンネマリーは胸に熱いものが込み上げてきた。緊張よりもその熱い気持ちが上回って、笑顔で手を振っていた。

期待されているのを、王太子妃としての自分が好意的に見られているのを、ひしひしと感じた。だが、そこで自惚《うぬぼ》れるアンネマリーではない。

国民の期待が、自分に対して向けられているのではないとわかっている。

彼らが期待しているのは、ギュンターが選んだ妃だ。彼の隣に立つ女性だ。

アンネマリーだから期待されているのではない。

それが理解できるからこそ、期待に応えなくてはと思う。

期待を裏切らない妃にならねばと思う。

「私、民たちの幸せのために精一杯務めます」

決意を新たに、ギュンターに対してそう宣言した。彼も、力強く頷き返してくれた。

秋が始まる頃に、アンネマリーとギュンターの結婚式は執り行われることになった。

クリスティアンがゾネンレヒトの女王陛下と結婚してから、リオン王国内ではずっと祝賀の雰囲気が漂っている。

立太子の儀の際にギュンターとアンネマリーの挙式の日取りについても発表されていたため、国民たちはずっとお祭りのような日々の中にいた。

自分たちの結婚が人々の気持ちを明るくできたなら嬉しいと思いつつも、若干重圧も感じていた。

人々を喜ばすことができる結婚式とはどのようなものなのだろうかと、わからなくて悩んでしまったのだ。

ゾネンレヒトで行われた、贅《ぜい》をこらした式を見たからというのもあるだろう。

ギュンターの中で何かに火がついたようで、彼はとびきりの演出ができないかと日々悩んでいた。特にアンネマリーが着るドレスには並々ならぬこだわりを発揮し、生地から特別製のものを発注しているようだった。

素晴らしい式を見たあとだから、当然アンネマリーも気合が入っていたし、気負うところもあった。

だが、あまりにもギュンターが毎日のように根を詰めるため、そのほうが気になってしまった。

だからある日、アンネマリーは言った。「良い式がどうかは、私たち自身が幸せかどうかではありませんか？」と。

王太子としての執務の傍ら、国内で魔術を広めるための事業にも奔走している。その上、結婚式のためにも根を詰めているのを見てしまったら、止めないわけにもいかなかった。

「でもアン……本来ならば準備に一年以上かけるのが当然の結婚式を、わずか半年足らずで行おうとしているんだ。もともと少しずつ準備をしていたものがあったとはいえ、急ごしらえの式だなんて思われるようなことがあってはいけないだろう？」

アンネマリーに膝枕をされながら、ギュンターはまた子どものように駄々をこねている。だが、疲れているから元気はない。

「誰も急ごしらえだなんて、思いませんよ。それよりも、式の当日にギュンター様がげっそりしているほうが国の威信にかかわります」

あやすように優しく彼の黒髪を梳《す》きながら、アンネマリーは言う。だが、彼の顔を見れば納得していないのが伝わってくる。

「……僕は、アンを世界で一番幸せな女性にしたいんだ。そのためには、誰の目にも素晴らしい式にしないと」

「私、結婚式に大切なものは〝主役である二人が幸せであること〟だと思います。二人が幸せなら、たとえばただの白い服を着ただけでも結婚式ですよ？」

ただギュンターとともにいられればいいのだと伝えたくて、アンネマリーは彼の髪を撫でながら言った。

その感触が気持ちいいのか、彼は猫のように目を細めて、それから再び目を開けた。

「ゾネンレヒトで兄上たちの式を見て、すごい式にしなくてはって気負ってしまっていたんだ……でも確かに、一番大事なのは僕らが幸せなことだよね」

「そうですよ。そのためには、まずギュンター様が元気でいてくださらないと」

「ああ、そっか……でもなぁ、無理をしたら君にずっと渡したかったものを式までに完成できそうなのに……」

彼の髪を撫でながら、アンネマリーは少し前かがみになった。膝枕をした状態でその体勢になると、彼の顔に胸が当たるのだ。押しつけない程度にそっと胸を当ててると、彼がおとなしくなるのを最近覚えた。よほど疲れているときは、このまま寝かしつけることもできる。

「待って、アン……いい匂いがして、何も考えられなくなる」

「いいんですよ、考えなくて。ギュンター様、毎日頑張っていていい子いい子」

「あー、だめだ……頭以外にもいい子いい子してほしい場所がある……でも、睡魔が

「……」

「ゆっくりしてください」

忙しい合間を縫って会いに来る彼を癒やすために編み出した方法だったが、今のところほとんどの場合、こうして仮眠を取らせることに成功している。

この日の会話が効いたのか、ギュンターは無理をすることがなくなった。

アンネマリーのドレスにこそこだわりを見せたが、ドレス以外に根を詰めていた作業は、どうやらやめにしたらしい。

彼が自分のために何を用意していたのか気になりはしたが、そのうちにアンネマリーも様々な支度で忙しくなっていき、いつしか忘れていた。

何より、ギュンターに語った言葉に偽りはなく、彼さえいてくれれば幸せなのだ。だから、結婚式当日を無事に迎えられるだけで、ほかに望むものなどなかった。

そして迎えた結婚式当日。雨が心配されたものの、見事に晴れた。

青空の下に多くの人々が集まり、王太子夫妻の登場を待っていた。

彼がこだわり抜いて用意させた婚礼衣装は、アンネマリーが纏《まと》うことで完成した。

一見するとただの純白なドレスなのだが、引き裾やヴェールの薄布に模様を浮かび上がらせているのは光の魔術だ。魔力を含む石を砕いて作った顔料でギュンターが自ら模様を描いたのだという。

アンネマリーが着ることで完成するというのは、着ることでアンネマリーの魔力に反応するよう術式を組んであるかららしい。

飾ってあったときから美しかったそのドレスだが、アンネマリーがひとたび袖を通すと、動くたびにキラキラと模様が変わり、どれだけ見ていても飽くことがないほどだった。

それに対してギュンターの衣装は簡素だった。

日頃より豪華な礼服ではあるものの、アンネマリーのドレスのように何か仕掛けがあるわけではない。

だが、日頃黒ばかり身に纏っている彼の純白な装いに、アンネマリーはつい見惚《みと》れてしまっていた。

「……アン、見すぎだよ」

教会の祭壇の前で二人並んで、神官の登場を待つまでのわずかな間、ギュンターはそっとアンネマリーをたしなめた。前を向いていなければいけない場面で、チラチラと隣を盗み見る視線に気づいたからだ。

「だって、ギュンター様が素敵だから……」

小声で答えると、彼が小さく笑ったのが聞こえた。

呆《あき》れられてしまったのかしらと不安になって彼のほうを見ると、穏やかに満ち足りた表情で笑っていた。

「そんなに喜んでもらえるのなら、私服にも白を取り入れようかな」

彼がそう言ったところで、神官が登場した。一気に厳かな雰囲気になり、アンネマリーは表情を引き締め、背筋を伸ばす。

神官により祝福の言葉を授けられ、二人は寄り添い支え合い夫婦として歩んでいくことを神に誓った。

誓いの口づけを交わしたあとは、来賓たちに拍手で送り出されて教会を出る。

教会を出ると今度はパレードのための馬車に乗り、市街をゆっくり巡回することになっている。

馬車にはギュンターの魔術が仕掛けられていて、走り出すと花びらとシャボン玉が舞う。

幌《ほろ》のない馬車に乗ってアンネマリーとギュンターが現れたときに、道沿いに集まった人々から歓声が上がったが、花びらとシャボン玉が現れるとさらに喜びの声が上がる。

よく晴れた空の下にシャボン玉がきらめき、花びらが彩りを添える様子は、これまで見たどんな景色よりも美しかった。

道沿いからは「王太子殿下万歳！」「王太子妃殿下万歳！」と喝采する人々の顔に笑顔

が浮かんでいるのも、アンネマリーの胸を温かくさせた。

まさか自分が王太子妃になるだなんて考えてもみなかった。

なれるかどうか不安だった。

だが、今は違う。当然不安があるが、道沿いに並んでくれた人々の顔を見て、この人たちの幸せを守る義務が自分にあると強く感じる。そして、その義務を果たせるのは自分のほかにいないとも感じていた。

「アン、僕はいい王になりたい。この国の人たちを豊かで幸せにしたい。そのために、僕を支えてくれるのは君しかいないと思うんだ」

人々に笑顔で手を振りながら、ギュンターがしみじみと言った。彼に愛されているだけでなく、信頼されているのが伝わってくる。

それが嬉しくて、アンネマリーは力強く頷いた。

「支えます。二人で、もっと良い国にしていきましょうね」

並んで手を振りながら、誓いの気持ちをより強くした。

二人を祝福する声と拍手は、その日いつまでも鳴《な》り止《や》むことはなかった。

「アン、おいで」

結婚式を終えたその日の夜。

夫婦の寝室を訪れたアンネマリーは、先に寝台で待っていたギュンターの姿を見てドキドキした。

今夜、正式に夫婦となって初めて迎える夜だ。

だから緊張しているというのも当然あるし、何より今の彼があまりにも真剣な表情をしているせいだった。

「ギュンター様……本を読んでらしたの？」

彼が手に書物を持っているのに気がつき、尋ねてみた。だが、読書を楽しんでいたという感じでもない。

「ああ、大事なことだから、もう一度本で確かめておこうと思って」

「大事なこと？　何か魔術をこれから使うのですか？」

書物の表紙を見ると、マギレーベン語で魔術に関する本だと記されているのがわかる。

肝心な部分の単語がまだ知らないもののため意味を理解できなかったが。

「そう。君の体にこれから術を施したくて」

そう言った彼は、仕草でアンネマリーに寝台へ横たわるよう促す。何か大切なことのようだとわかって、素直にそれに従った。

「私の体に施す魔術だなんて……何かしら？」

不安と期待が入り交じる表情で彼を見つめれば、目を細めて愛しげに見つめ返される。

彼にこんなふうに見つめられるとき、本当に彼に愛されているのを感じる。

「今夜は絶好の日だから、確率を少しでも上げられるようにするんだよ」

「ん、ちょっと熱い……？」

彼がお腹に手をかざすと、ほんのりとそこから熱を持つようだった。下腹部から何かが湧き上がってくるかのような、不思議な感じがする。

「ギュンター様、一体何を……？」

「君の体を妊娠しやすくしているんだ」

「に、妊娠……？」

驚いて、アンネマリーは思わず体を起こしてしまった。少しだけ、彼の手から距離を取る。

「妊娠って、つまり、子どもを、ギュンター様と作るということですよね……？」

「そうだけれど。今までさんざんしてきたじゃないか。そんなに構えなくても」

驚き恥じらうアンネマリーに対し、ギュンターはおかしそうに笑う。

確かにこれまで何度か抱かれていて、そのたびに奥に注がれている。たまたま子どもができるに至っていないだけで、行為として考えれば立派な子作りだ。

「……魔術がなくても、大丈夫な気はしますが」

一度繋がるとなかなか離してくれないギュンターのことを思い出して、アンネマリーは苦笑いする。

むしろこれまで子どもができなかったのが不思議なくらいで、遠からずできるのではないかと思ったのだ。

だが、それを彼は違う意味でとらえたらしい。

「そっか……アンは魔術なしで、孕《はら》むまで僕に抱き潰される覚悟があるんだね」

「えっ……か、覚悟ってそんな……」

「覚悟がないわけ、ないもんね。だって君は僕の妻だよ。この世界で唯一、僕の愛と欲を受け止める存在だ」

妖艶に微笑まれ、アンネマリーはつい見惚れた。

幼い頃、兄王子と自身を比べて卑屈になっていた少年はもういない。

今の彼は、アンネマリーに愛されていることを少しも疑っていない。自信に溢れ、それが彼を内側から輝かせている。

頼りなく、繊細で気難しそうな青年だった彼も愛おしいが、こんなふうに愛を疑わずにいてくれる彼もまた魅力的だ。

そして、そんな彼に愛されて求められていることがアンネマリーも誇らしい。

「……そうですね。あなたの愛をすべて受け入れるのは私だけの特権だもの。作りましょう、二人の子どもを」

アンネマリーは彼のそばまで行って、自ら抱きついた。彼は書物を寝台そばのテーブルに置いて、自らも寝台に上がってくる。

そして、意味深な仕草でアンネマリーの腰のあたりをさする。

「……っ、ギュンター様、なに？　くすぐったい……」

「妊娠するには女性の体をよく高めるのも大事なんだけれど、同じくらいくつろいでいることも大事なんだ。だから、体の強《こわ》ばりを取るために腰をさすってあげているんだよ」

そう言いながら、ギュンターは今度は舌を伸ばしてきた。口づけの合図だとわかり、アンネマリーも舌を突き出す。

舌と舌を絡め合う、唇はほとんど触れ合わない口づけだ。口づけというよりも、舐《な》め合《あ》いという表現が正しいかもしれない。

夢中で舌を絡め合っていると、混ざりあった唾液が滴り落ちる。それを啜《すす》るように唇を食《は》み合って、再び舌を絡め合ううちに、アンネマリーは高ぶらされていく。

舌での愛撫と腰をさすられる感覚が合わさってくると、それはとろけそうなほどの快感に変わった。

アンネマリーは呼吸を乱し、夢中になってギュンターの舌に吸いついた。腰は自然と揺れ、彼をその気にさせようとする。

「腰が揺れているね。欲しくなってきた？」

彼に尋ねられ、少し間を置いてから頷いた。

はしたないと思いつつも、恥ずかしがってばかりもいられない。

これからするのは子作りだ。愛を確かめ合うための行為でもあるが、世継ぎを作るための大事な行為である。だから、恥ずかしくても向き合わなくてはいけないのだ。

何より、アンネマリーはギュンターが与えてくれる快感の虜《とりこ》である。

「じゃあ、今夜はアンネマリーに好きに動いてもらおうかな。子どもができやすくするには、女性が高まっているのが大事らしいんだ。つまり、君が自分の快楽を追い求めるほどに妊娠する可能性は高くなる」

そう言って、彼はガウンを脱ぎ捨てると寝台に横になる。〝好きに動いてもらう〟の意味がわかって、アンネマリーは顔がまた熱くなった。

好きに動くとは、アンネマリー自ら彼のものを体の中に呑み込むということだ。彼に挿入されるのも恥じらうのに、それを自分でするなんてと、想像して恥ずかしくなる。

だが、体は期待に疼いていた。

自らの意思で自らのタイミングで彼のものを奥まで迎え入れたら。好きなように腰を揺らし、好きな場所に好きな角度で彼のものを押し当てられたら。どれほど気持ちがいいだろうと想像してしまったら、下腹部が疼き、蜜口がひくつくのを抑えられなかった。

「……上手にできなかったら、すみません」

アンネマリーは自ら着ていたものを脱ぎ捨てると、一糸纏わぬ姿になる。

今夜は初夜だからと、下着をつけずに浴室から戻ってきたのだ。

真っ白な裸身を夫に晒しながら、おずおずと彼の上に跨がる。そして少し腰を浮かせて、手を添えてしっかりと上を向かせた彼のものを蜜口にあてがった。

「ん、ぅ……」

先端をわずかに呑み込むだけで、そこがもう十分に濡れているのを理解させられる。だが、まだ指でほぐしていないから狭い。

「アン、いきなり無理はしなくていいよ。ほぐしてからのほうがいいんじゃないか？」

彼に優しく声をかけられたが、アンネマリーは首を横に振った。

狭いところへ受け入れるのは圧迫感があって苦しいものの、嫌な感覚ではないのだ。むしろ、体の内側から彼のものにされていく感覚が心地よい。

「……ん、ふ……ぁ……あ、ぁ……ぅ、ん……はぁ……あぁ……」

彼のものに手を添えたまま、腰を揺らしてごく浅いところを擦り続けた。浅いところには、アンネマリーの好《い》い場所がある。彼に指で執拗《しつよう》に可愛がられると、気持ちよさに飛沫《しぶき》をこぼしてしまう場所だ。

自ら腰を揺らしてそこを刺激しても当然気持ちがよくて、アンネマリーの呼吸はどんどん乱れていく。それに応じて、腰使いも激しくなっていく。

「いやらしいな……君の赤く充血した秘肉の内側を僕のものが出たり入ったりしている」

されるがままでいてくれるギュンターは、切なそうに眉根を寄せている。きっと彼には刺激が足りなくて、もどかしいのだろう。

申し訳ないと思いつつも、自らの意思で動くのが気持ちがよくて、アンネマリーは浅いところを擦るのをやめられない。

「それにしても、いい眺めだ。大好きな君が僕に跨《また》がって夢中で腰を振っているなんて」

「あんっ」

彼は胸元に手を伸ばしてくると、そっと両手で下からすくい上げるように触れてきた。

たわわに実った二つの果実は、彼の指先の動きに合わせて震える。

胸の頂は、真っ白な膨らみの中心で色づき、触れられたくて期待に顔を覗《のぞ》かせていた。

だから、下からすくい上げてくる彼の指先が頂に触れると、小さく痺《しび》れが走るみたいで気持ちがいい。

（ギュンター様も、胸を触られると気持ちがいいかしら……？）

ふと、好奇心が湧いた。彼の胸にも自分と同じように突起がついている。それに触ると、彼も自分と同じように気持ちよくなるのだろうかと。

「……っ」

彼の胸の突起を指でそっと摘むと、彼の口から吐息未満の息が漏れた。顔を見ると、驚きの向こうに気持ちよさがにじむ表情を浮かべていた。

それを見て、アンネマリーの中の何かに火がついた。

彼の官能の表情をさらに引き出したいという欲望が生まれた。

「……ギュンター様、かわいい」

うっとり微笑んでから、アンネマリーは彼の胸元に唇を寄せていった。彼の顔に戸惑いが浮かぶのを目の端で確認するも、止まることはない。

「……っ、ふ……」

片方の突起を口に含み、もう片方を親指で軽く押し潰すように刺激すると、彼の口から今度ははっきりと吐息が漏れた。誤魔化《ごまか》そうとこらえたのを感じるが、誤魔化しきれていない。アンネマリーの内側に呑み込んだ彼のものが、ビクンと震えたからだ。

「アン……っ、あ、待って……」

腰を落として剛直を呑み込んでいくと、彼が余裕のない声を出した。

胸への刺激が気持ちよかったのか、それとも剛直が濡襞《ひだ》に包み込まれていくのがたまらなかったのか。

アンネマリーにはわからなかったが、彼が感じている声をもっと聞きたくて、舌の動きを速める。

舌で愛撫すると、膣《ちつ》の中で彼のものが震える。いくら声を我慢しても、屹立が素直に伝えてくれるから、楽しくなって舌と腰を動かすのをやめられなくなっていた。

自分の感じる場所に当てることなど二の次で、彼を感じさせることに夢中だ。

というよりも、彼が感じることで、アンネマリーも気持ちよくなっている。

「……あっ、アン……！　だめ、やめて……っ」

音が立つほど胸の突起を吸い上げると、ギュンターが切羽詰まった声を上げた。

だが、やめてほしいはずがない。アンネマリーの中で彼のものは、何度も震えている。

雄々しい彼の屹立が快感のあまり震えているのだと思って、愛しくてたまらなくなる。もっともっと気持ちよくしてあげたくて、胸の頂を吸いながら腰の動きを激しくした。

快感によるものなのか、呑み込んだときよりも彼のものは太さも長さも増している気がした。大きく硬くなった彼のもので蜜壺を好きに刺激するのはあまりにも気持ちがよくて、アンネマリーにも余裕がなくなっていく。

「あぁ……アンっ……そんなに、締めつけ、たらっ……」

彼の口から、焦った声が出た。それが可愛いと思うと、また蜜壺が収縮した。

(感じているギュンター様、かわいい。もっと声が聞きたい。たくさん震えてほしい)

頭の中が彼のことでいっぱいになった瞬間、蜜壺がこれまでにないほどキュン、と収縮した。肉襞全体で剛直に絡みつき、奥へ奥へと吸い上げる。

ビクンとまた彼のものが震えたのを感じた瞬間、彼が達するのがわかった。

だからアンネマリーは胸元から顔を上げ、果てる直前の彼の顔を覗き込む。

「……っあ、あぁァっ、んっ……!」

彼が眉根を寄せ、目尻を下げて恍惚の表情を浮かべているのを見た瞬間、アンネマリーの中の快感が最高潮に達した。

彼のことしか考えられなくなって、彼に注がれたくてたまらなくなって、奥に呑み込んだまま腰を大きく前後に揺らす。すると、彼のものもひと際激しく震えた。

「あぁ……すごい、ギュンターさま……たくさん、たくさん出て……ぁ、ん……」

彼に注がれながら、アンネマリーはまた達した。というより、気持ちよさのあまり快楽の頂点から降りてこられないかのようだ。

全身が、彼に注がれた悦《よろこ》びに震えている。子宮を中心に、ジンジンと快感が生まれては広がり、包み込んでいく。

「……びっくりした。好きに動いてごらんとは言ったけれど、まさかこんなふうに搾り取られるなんて思っていなかったから」

剛直の震えが収まると、ギュンターが心の底から驚いたように言った。

少し冷静さを取り戻して、アンネマリーは恥ずかしくなる。

「自分の好きなように動いたら気持ちがよくて、感じているギュンター様を見たら、可愛くて愛しくなってしまって……止まらなくなってしまったのです」

頰に手を添え恥じらいながらも、先ほど感じた快感の余韻に浸っていた。

ギュンターがいつも気持ちよさそうにアンネマリーを抱く理由が、わかった気がする。

抱くのは抱かれるのとは違う気持ちよさがあるのだ。

自分が与える快感によって相手を気持ちよくしたいし、気持ちよくなる相手を見ていると、言い知れぬ心地よさがあるのだ。

　そんなことを考えていると、また蜜壺が疼き出す。

「じゃあ、僕がアンを可愛がりたくて仕方がないって気持ち、わかってくれるよね？」

「え……？」

　何を言われたのか考えている最中に、ぐるりと視界が反転した。膝裏を持ち上げて、寝台に押し倒されたのだ。

　先ほどまでアンネマリーが上にいたのに、今は逆転してしまっている。脚を高く掲げた格好で、彼に貫かれている。とても恥ずかしい格好で、頬が真っ赤になる。

「……ギュンターさま」

「何驚いた顔をしているの？　子作りが一度で終わるわけがないだろ？」

「んぅっ」

　ぐりっと奥に押しつけられる彼のものが、再び力を持ち始めているのを感じる。このまま抜かずに二度めの行為が始まるのだと思うと、下腹部が、子宮が疼くのがわかった。

「やっ、それ……深い……んんっ」

　彼がアンネマリーの両脚を肩に担ぐと、覆《おお》い被《かぶ》さってきた。そうされると、普段届かないさらに奥まで届くようで、その圧迫感に喘いだ。

「妊娠しやすくするためには、なるべく子宮近くで精を注いだほうがいいんだ。だから、こうやって奥まで貫いて、たっぷり注いであげるからね」

「んぅ……く……ふぁっ……ふ、んっ……」

舐め回すように激しく口づけながら、ギュンターは剛直を抜き挿し始める。先ほどさんざんアンネマリーが自ら腰を振ってほぐしたあとだから、とろとろにほぐれた媚肉がねっとりと彼のものに絡みつく。

ほぐれていながらも、締めつけは緩むことはない。常に奥へと奥へと吸いついて誘うから、彼にはすでに余裕はなさそうだった。

「アン、そんなに締めつけたらだめだよ……千切れそうだ……それに、とけるッ……」

「やっ、あっ、だめぇっ……耳、ゃ……あぁっ」

ギュンターは何かをこらえるように眉根を寄せて必死の表情で言ったかと思うと、アンネマリーの耳を執拗なまでに舌で犯し始める。

蜜壺を激しく太く硬い剛直で抜き挿しされながら、弱い耳を唾液をまぶすように舐められる。すると、どこから粘度の高い水音がしているのかわからなくなって、いやらしいことしか考えられなくなっていった。

「ギュンターさま……だめ……ぁうっ……あぁんっ……」

あっという間に快楽を極めさせられたアンネマリーは、必死に彼のものを締めつけた。

「くっ……」

歯を食いしばり、快楽の大波をどうにかやり過ごしながら彼は激しい抜き挿しを繰り返し、最後の最後にひと際激しく最奥を穿ったその瞬間、押し流されるのではなく自らの意思でその大波に飛び乗った。

「……っ、はぁ……アン……」

「ん……ギュンター、さま……んんっ」

執拗なほど搾り取ろうとする肉襞のうねりに、ギュンターは息も絶え絶えだ。それでもなおアンネマリーを求めるのをやめられず、荒々しく舌を絡める口づけをする。

日頃からは考えられないほどの量の精を放って、ようやく彼のものは脈動をやめた。

ズルリ……と彼が自身を抜き去ると、アンネマリーの小さな声とともに蜜口から白濁が溢《あふ》れ出《だ》した。それを指でもう一度中に戻しながら、ギュンターはくったりとしたアンネマリーの髪を撫でる。

「本気になったアンは、恐ろしいな。まさか、こんなに気持ちがいいなんて」

ごろんと隣に寝転んだ彼が、目を細めて優しい顔をして言う。

「本気になったって……？」

「気づいてなかったの？　今夜の君が特別なのは、今夜が最も妊娠しやすい日だからだよ」

「え？」

「いつもより感じやすくなかった？　いつもより、気持ちいい場所が多くなかった？」

「そういえば……」

指摘されてみると、いろいろ心当たりはあった。

きっと日頃のアンネマリーなら、上に乗って好きに動いてみなさいと言われても、恥ずかしがってうまくできなかっただろう。

だが、今夜のアンネマリーは恥じらいつつも彼を自ら受け入れた。それどころか、自ら動いて快感を貪り、彼を絶頂にまで導いた。

「……そうなのね。私、発情していたから……」

改めて恥ずかしくなったアンネマリーは、両手で自らの顔を覆った。

だが、ギュンターはその手首を掴んで顔を出させる。

「恥ずかしがらなくていいよ、アン。そういうふうに体ができているのだから、仕方がないよ」

琥珀色の瞳は、すべてを見透かしているようだった。

体の奥に未《いま》だ冷めやらない熱を抱えたアンネマリーは、見つめられるだけでまた疼いてきてしまう。日頃なら、二度も抱かれたらくたくたで動けなくなるというのに。我慢できないギュンターにまた抱かれたとしても、与えられる快感に喘ぐことしかできないのに。だが、今夜は違う。

まだ奥の奥まで埋めてほしいという願望が、心も体も支配している。

「……んん……ギュンター様、どうしよう……」

欲望のためにとろけてしまった顔を見せたくなくて、彼の胸に顔を寄せた。

「どうしたの？」

優しく尋ねながら、彼はアンネマリーの腰のあたりをさわさわと触れる。そんなことをされたら、爪先からまた気持ちよさがさざなみのように押し寄せてきて、期待に震える。

「……まだ、足りません……」

ギュンターにしがみついて、か細い声でアンネマリーは言う。そんなことを自覚するのも恥ずかしいのに、それを彼に伝えるのはさらに勇気が必要だった。

だが、我慢できそうになくて、額を彼の胸に押しつけて、言葉にならない主張を伝える。

「足りないよね。だって、発情しているんだもんね」

彼の手が、尻の丸い線を楽しむように触れてきた。彼の指が秘裂に触れるか触れないかのところをなぞり始めて、ゾクゾクと快感が全身をかけ巡るのを止められなくなった。

「いいんだよ。欲しくて仕方がないのは、当然のことだ。だから、たくさん欲しがって」

「……っ」

耳に息を吹き込まれて、アンネマリーの体は跳ねる。そして、キュンと下腹部に力を入れたことで、軽く達してしまう。

我慢してやりすごすことは、到底できそうになかった。それならば、覚悟を決めて彼に伝えなくてはならない。

今夜は、渇いて仕方がない。そして、その渇きを癒せるのは彼しかいないのだから。

「……ギュンター様、欲しいです。――もっと、抱いてください」

アンネマリーが素直におねだりを口にするや否や、彼に再び組み敷かれていた。

「もちろんだよ、僕のアンネマリー。孕むまで……いや、孕んでも君が満足するまで抱いてあげる」

ギュンターはそう宣言して、アンネマリーを抱きしめた。

それから、宣言通り二人はそのあと、何度も何度も愛を確かめ合ったのだった。

結婚して正式な夫婦となってから、二人は慌ただしい日々を送っていた。

特に、魔術学校設立のための活動が忙しく、アンネマリーは国内で、ギュンターはたびたびマギレーベンに顔を出して、計画を進めるために動いていた。

まずは、国内で見つけた魔術の才能がある子どもたちとその保護者を集めて説明会を開き、少人数で学んでいく体制の構築を進めていた。

また、大人の中からも才能や志がある者を募り、子どもたちよりもさらに本格的に学ばせるための準備もしていた。

ギュンターがマギレーベンで声をかけてきた魔術師に教師役を頼むことになったが、彼自身が教えることもある。

魔力は豊かにあるものの、魔術の才はどうやらないらしいアンネマリーは、主に裏方に回って計画を支えていた。

王太子としての執務も忙しいはずなのに、彼は毎日活《い》き活《い》きとしていた。だが、どこか無理をしているようにも見えて、それが心配だった。

声をかけても「あと少しだから、待っていて」としか言わないため、黙って見守るしかない日々を過ごしていた。

そんなある夜。興奮した様子で帰ってきたギュンターは、長椅子で寛いでいたアンネマリーの前に恭しく膝をついた。

「待たせてごめん、アン。ようやく君に贈れるものができた」

そう言って彼が差し出してきたのは、花束だった。

ただの花束ではない。青い薔薇《ばら》の花束だった。

「これって、もしかして……」

アンネマリーの脳裏によぎるのは、彼がマギレーベンに発《た》つ前にくれた薄い青色の花弁の薔薇だ。

「そう、約束していた薔薇だ。マギレーベンに留学する前に、『次に会うときには、君の瞳のように美しい青い薔薇を咲かせてみせるから待っていて』と言っていただろう？　ようやく果たせたよ」

そう言った彼ははにかみながらも、誇らしげだった。

彼がずっと忙しそうにしていたのはこの薔薇のためだったとわかって、アンネマリーの胸はいっぱいになる。

「……ずっと、この花を咲かせるために忙しそうにしていたのですね」

「約束を果たせないまま帰ってきてしまったから。でも、僕にとっては大切な約束だった。

だから、こうして果たすことができて嬉しいよ」

「私もです。……なんて素晴らしいの。私も魔術が使えたら、あなたのことを同じくらい嬉しい気持ちにしてあげられるのに」

胸がいっぱいになって、アンネマリーの目からは涙がこぼれた。だが、そこには少し寂しさもある。

大人も子どもも魔術を志す人たちが集まってきて、彼らと魔術の理想について語らう様子を見ていると、アンネマリーは時折寂しくなるのだ。

魔術の素晴らしさを知っているのに使うことができないから、一生彼らと同じ目線で語らえないのだ。

仕方がないとわかっていても、それが少し寂しかった。

だが、ポロポロ涙をこぼすアンネマリーをギュンターはそっと抱きしめる。

「君はこれから、魔術よりもさらにすごい偉業を成し遂げようとしているからいいんだよ」

そう言って、ギュンターは愛しそうにアンネマリーのお腹を撫でた。その仕草の意味を理解して、アンネマリーはひどく驚く。

「え、まさか私……」

「そうだよ。君のお腹には僕たちの赤ちゃんがいる。君は国母になるんだよ」

「……どうしてわかったのですか？」

言われてみれば、月のものが少し遅れているとは思っていたのだ。だが、忙しければそういうこともあると流していた。

しかし、ひとつひとつここ最近の自身の体調の変化を振り返ってみると、確かにすべて妊娠の兆候として当てはまる。

驚いて彼の顔を見つめると、彼は嬉しそうに目を細めていた。

「僕が君のことで知らないことがあるとでも？　周期もばっちり把握済み、もちろん妊娠しやすい時機も。だから、大体の予定日もわかっているし、その後の第二子計画も当然立ててあるけど？」

微笑んでいるものの彼の目は真剣で、冗談を言っているようではなさそうだ。

（なんて愛が重たい人なのかしら……）

呆れる気持ちも当然ありつつも、アンネマリーは嬉しかった。

彼に愛されていることが。彼がこんなにも自分のことを考えてくれていることが。

やたらと彼が恋しくてたまらない夜があって、そんなときにかなり甘やかされて一晩中可愛がってもらったことがあるから、おそらくその夜に授かったのだろうなと思い至る。

そうか、あれが妊娠しやすい時機だったのかと、実感をともなって納得できた。

「可愛いアンが可愛い命を宿して可愛いが二倍になって幸せでどうにかなりそうだ」

アンネマリーのお腹に頬ずりをして、ギュンターは幸せそうに言った。

初めての妊娠で不安がないわけではないが、アンネマリーは満ち足りた気持ちのほうが大きかった。

「二倍どころでは済みませんからね。これからたくさん、家族は増えます」

「そうだね。アンに似た女の子は何人でも欲しいし、男の子だって可愛いだろうし……楽しみだね」

気の早いギュンターは、それから名付けについてあれこれ理想を語り、子どもたちが生まれたらやりたいことについて語り、反抗期を想像して頭を悩ませ、娘を嫁がせる日の妄想で涙し……アンネマリーを大いに笑わせた。

その日は、なんて想像をしているのだと思ったアンネマリーだったが、子どもたちにつけたい名前リストも、子どもたちとしたいことのアイデアも、無駄になることはなかった。

魔術師として王として優秀なギュンターと、その妻として民たちからの人望厚いアンネマリー夫妻の逸話は、彼らの立派な子どもたちの話とともに、それからも長くリオン王国で語り継がれることとなった。

あとがき

今作もいつも通り、大好きな魔術絡みのお話を書けてとても楽しかったです！　不器用男子が唯一の相手のために努力する話がめちゃくちゃ好きなので、ギュンターには頑張ってもらいました。アンネマリーも彼の婚約者として相応しくあろうとする子なので、書いていて楽しくてお気に入りです。二人の恋模様も渦巻く陰謀もエッチシーンも、こだわりたっぷり書いたので楽しんでいただけたら嬉しいです。

二人の姿を生き生きと魅力的に描いてくださったなおやみか先生、ありがとうございました！　二人の子供時代から結婚式まで描いていただけて本当に嬉しいです。エッチシーンのアンネマリーの可愛さが特に素晴らしいので、皆様もぜひ堪能してください。

今作が送り出されるまで関わってくださった方々、そして読んでくださった皆様、ありがとうございました。

また別の作品でお会いできますように！

猫屋ちゃき

殿下の執着愛が止まりません!
～ヤンデレ王太子の極甘囲い込み計画～ Vanilla文庫

2025年3月20日　第1刷発行　定価はカバーに表示してあります

著　者　猫屋ちゃき　©CHAKI NEKOYA 2025
装　画　なおやみか
発行人　鈴木幸辰
発行所　株式会社ハーパーコリンズ・ジャパン
東京都千代田区大手町1-5-1
電話　04-2951-2000（営業）
0570-008091（読者サービス係）
印刷・製本　中央精版印刷株式会社

Printed in Japan ©K.K. HarperCollins Japan 2025 ISBN978-4-596-72670-4